Cornicelius Max

So fo e l temps c om era iays

Novelle von Raimon Vidal

Cornicelius Max

So fo e l temps c om era iays
Novelle von Raimon Vidal

ISBN/EAN: 9783744684040

Hergestellt in Europa, USA, Kanada, Australien, Japan

Cover: Foto ©Andreas Hilbeck / pixelio.de

Weitere Bücher finden Sie auf **www.hansebooks.com**

So fo e'l temps c'om era iays.

Novelle von Raimon Vidal,

nach den vier bisher gefundenen Handschriften zum ersten Mal herausgegeben.

Inaugural-Dissertation

zur Erlangung der Doctorwürde

von der philosophischen Facultät

der

Friedrich-Wilhelms-Universität zu Berlin

genehmigt

und öffentlich zu vertheidigen

am 27. April 1888

von

MAX CORNICELIUS.

Opponenten:
Herr Dr. phil. F. Ramhorst.
» cand. prob. E. Suttinger.
» Dr. phil. E. Wendt.

Es ist mir ein lebhaftes Bedürfnis, am Eingange dieser Arbeit dankbar der vielfachen Förderung zu gedenken, welche mir der Rat und die nachbessernde Hand meines hochverehrten Lehrers, des Herrn Professor Tobler, gebracht hat.

Max Cornicelius.

Etwa um die Mitte des zwölften Jahrhunderts begann die südfranzösische Poesie die litterarischen Neigungen der vornehmen Kreise in den nordöstlichen Gebieten der spanischen Halbinsel entschiedener zu beherschen: im ersten Jahrzehnt des dreizehnten waren die eigenen Erzeugnisse der höfischen Lyrik im aragonesischen Königreich fast nur die getreuen Abbilder provenzalischer Muster.

Seitdem im Jahre 1112 Graf Ramon Berenguer III. von Barcelona, der Grofsvater König Alfonsos II., mit seiner Gemahlin Dulce die Grafschaft Provence d. i. im wesentlichen das von der Rhone, Durance, Alpen und Meer umschlossene Gebiet Südfrankreichs überkommen hatte,[1]) war hier Besitzstand und damit politischer und gesellschaftlicher Einfluſs des katalanisch-aragonesischen Herrscherhauses in stetem Wachsen geblieben. Nördlich an die Grafschaft Provence stieſs die Grafschaft Forcalquier, deren Herren, die sich auch Marquis von Provence nannten, die Grafen von Urgel waren, das zweitmächtigste Geschlecht in Katalonien und mit denen von Barcelona verschwägert Ihr Besitz begleitete von Nordosten her den Lauf der Durance, teilweis nach Süden hinübergreifend, bis gegen Cavaillon, dehnte sich also ein gut Teil über das heutige Departement Hautes Alpes nach Südwesten hin aus. Sie hatten dieses Gebiet, gleichfalls durch Heirat, schon vor 1080 erworben.

Es ist somit sehr verständlich, wenn noch entschiedener als gleichzeitig oder wenig später in Ober-Italien, auch im

---

[1]) Zurita, Anales de la Corona de Aragon I 40.

nördlichen Spanien die breit und mannigfaltig entwickelte lyrische Production Südfrankreichs sprach- und formgewandte Talente in ihren Kreis gezogen hatte. Die Aneignung des Provenzalischen bot den Angehörigen dieser beiden verwandten Idiome so geringe Schwierigkeiten — wenn überhaupt von solchen für die Katalanen die Rede sein kann — dafs sie ohne weiteres mit den dichterischen Formen, die sie nachzuahmen wünschten, zugleich deren Sprache herübernahmen. Denn während ihnen mit dieser ein Instrument in die Hand gegeben war, das mehr als hundertjährige litterarische Verwendung schon zu einer unvergleichlichen Feinheit abgeschliffen hatte, waren ihre Idiome dichterisch entweder so gut wie gänzlich unberührt[1]) oder noch in den ersten schüchternen Ansätzen religiöser Lyrik begriffen.[2]) So konnte ihnen die Entscheidung, ob sie ihre eigenen Sprachen mühsam zu den Anforderungen der compliciertesten poetischen Technik hinaufbilden oder nicht lieber die fremde schnell erlernen sollten, nicht zweifelhaft sein.

Dazu, wie die südfranzösischen Trobadors, deren meisten rastlose Bewegung von Schlofs zu Schlofs ein eigentliches Lebensbedürfnis war,[3]) früher bei den vornehmen Herren jenseits der Pyrenäen und der Alpen Geschmack und Bedürfnis ihrer Poesie geweckt hatten, so traten sie naturgemäfs jetzt in persönliche Beziehungen zu ihren eifrigen und gelehrigen Kollegen, und nicht nur höfliche Grüfse[4]) oder spöttische Sirventesen[5]) flogen hin und her, auch die Dichter selbst brachte das Hofleben in unmittelbaren Verkehr.[6])

Sieht man nämlich auf die äufseren Bedingungen für die Entwickelung der Trobador-Poesie im damaligen Königreich Aragon, mit anderen Worten, sucht man nach der ihr unent-

---

[1]) Gaspary, Geschichte der italienischen Litteratur I S. 51.
[2]) Milá y Fontanals, De los trovadores en España S. 465 f. u. S. 466 Anm.   [3]) vivion per anar E per sercar terras e locx; Bartsch, Denkmäler 165, 12. 13.   [4]) Bertran von Born an Guillem von Berguedan: (Bartsch) Gr(undrifs) 80, 34 = Stimming S. 195 V. 53 ff.
[5]) Uc von Mataplana gegen R. von Miraval: Gr. 454, 1.   [6]) S. vorzüglich Abschnitt II bei Milá a. O.

behrlichen Grundlage eines reichen und freigebigen Mäcenatentums, so wird man sie zu der gedachten Zeit auch hierin ganz bequem gebettet finden. Hier, wie in Castilien und Leon, schaarten sich um kunstliebende Könige ebenso kunstsinnige Grafen, Barone und Ricos Hombres; gerade um diese Zeit wurde die Herrschaft der Araber immer erfolgreicher zurückgedrängt, bis 1212 bei Las Navas de Tolosa der gewaltige endgiltige Entscheidungsschlag gegen sie fiel; stetig mehrte das eroberte Territorium die Lehen und den Wohlstand der streitbaren Herren.

Raimon Vidal giebt in der Aufzählung seines novellistischen Ensenhamen allerdings fast nur Namen, denen er nach seiner Weise von Zeit zu Zeit ein wenig charakterisierendes lobendes Attribut anhängt, aber die Liste enthält doch zumeist Vertreter der besten und ältesten Geschlechter des kastilianischen und aragonesisch-katalanischen Adels und reicht mindestens bis in das dritte Jahrzehnt des dreizehnten Jahrhunderts herunter.[1]) Man sieht jedenfalls daraus: Auch den katalanischen Trobadors boten sich die vielbegehrten Stationen auf ihren Streifzügen in reicher Fülle.

Und auch sich selbst in der dichterischen Kunst zu versuchen verschmähten vornehme Herren, ja sogar Könige dieser nordspanischen Reiche bald ebensowenig wie der Adel Südfrankreichs. Auch fanden sich unter ihnen entschiedene Talente. Denn so abstofsend oft die Gedichte Guillems von Berguedan[2]) den cynisch-rohen Charakter ihres Autors zeigen mögen: das formelle Verdienst kräftig-prägnanter Darstellung und leichter, flüssiger Form zeichnet ihn doch sehr vorteilhaft vor vielen Trobadors aus.[3])

Der Ensenhamen des Vizgrafen Ponce Guiraut von Cabrera, der ein Schwager des Grafen Armengol VIII. von Urgel war, und dessen Sohn sogar später selbst in den Besitz dieser Grafschaft gelangte, ist ein sehr beredtes Zeugnis, wie aus-

---

[1]) S. den Anhang. [2]) Über ihn besonders Milá S. 278 ff. u. Bartsch, Jahrbuch VI 231 ff. [3]) Nach beiden Seiten ist auch das Gedicht, welches die Chrestom. 4 119 gibt, für ihn charakteristisch.

gedehnte litterarische Kenntnisse ein vornehmer Katalane damals, vielleicht nicht wirklich besafs, sich aber jedenfalls gern zugeeignet sehen mochte.

König Pedro II. (1196 — 1213) mufs zwar als Dichter zurücktreten hinter seinen Vater Alfonso II., den die provenzalische Lebensnachricht ausdrücklich unter den katalanischen Königen hervorhebt als den »welcher dichtete«,[1]) erschien aber nach Neigungen und Lebensgewohnheiten dem fahrenden Sängertum als der Typus des Herrn wie es ihn sich wünschte. Denn was Gui d'Uisel von ihm zu rühmen weifs, umschreibt doch kurz und gut die wesentlichen Eigenschaften eines Trobador-Mäcenas:

<blockquote>
Reis d'Arago, conqueren e meten
E domnejan conqueretz pretz valen.[2])
</blockquote>

Ein durch und durch ritterlicher, freigebiger Herr von den leichtesten Lebensgewohnheiten, jedem ersten Eindruck offen, schnellem Entschlufs vor allem geneigt, immer in Liebeshändel verwickelt, dessen Ruhm bis nach Jerusalem einen Glanz warf, der ihn zum Gemahl der Erbin des dortigen Königreiches vorzüglich geeignet erscheinen liefs, war er während einer nur achtzehnjährigen Regierung unaufhörlich in Bewegung, sehr häufig auch in seinen jüngsten transpyrenaischen Besitzungen, die ihm seine Gemahlin Marie von Montpellier zugebracht hatte. Noch ein Jahr vorher war ihm vergönnt gewesen an der Entscheidung von Las Navas seinen ruhmreichen Anteil zu nehmen, da erlag er 1213 bei Muret dem Angriffe Simons von Montfort.[3])

Milá y Fontanals verzeichnet in seiner Liste katalanischer Trobadors 32 Nummern. Nicht alle Namen können unanfechtbar für diese Nationalität in Anspruch genommen werden;[4]) manche sind nur durch dürftige poetische Leistungen vertreten; dafür wird sich aber gewifs noch ein oder das

---

[1]) Mahn, B. 2 No. 13. vgl. Diez, Leben und Werke 2 S. 84f. Milá S. 262f. [2]) Milá S. 136 A. 4. vgl. M. G. 149, 8. [3]) Zurita II 48—63. [4]) Zu 16 Amaneo Des Escás s. P. Meyer, Romania I 384. Auch sind nicht nur katalanische Dichter, im engeren Sinne, aufgeführt.

andere Gedicht der katalanischen Gruppe zuweisen lassen,¹) und einige der von ihm behandelten Dichter sind litterarisch entschieden bedeutsam.

Nicht alle sollen hier im einzelnen betrachtet werden, nur mit einem unter ihnen, mit Raimon Vidal von Bezaudu, hat sich diese Arbeit eingehender zu beschäftigen; und so ist in einer allgemeinen Übersicht der Gruppe nur das besonders herauszuheben, was geeignet scheinen mag zur speziellen Würdigung dieses Dichters überzuleiten.

Da muſs man denn vor allem darauf hinweisen, daſs das Hauptgewicht des katalanischen Beitrages zur provenzalischen Dichtung nicht auf der Seite der lyrischen Liebespoesie, sondern in der Didaktik liegt.

Der eben in anderem Zusammenhang genannte Guiraut von Cabreira, noch ein älterer Zeitgenosse Raimon Vidals, ist hier nicht zu übergehen. Von einem Einflusse allerdings auf diesen ist nichts wahrzunehmen; dessen in einen novellistischen Rahmen gefügte Unterweisungen und Lehren für einen Joglar bewegen sich auf einem anderen Gebiete und sind litterarisch von anderen Autoren abhängig. Auch der Wert, welcher Guirauts Gedicht heute zugeschrieben werden muſs, kommt ihm nicht eben um poetischer Vorzüge willen zu. Geschätzt hat man es auch schon seiner Zeit und hat es nachahmungswert gefunden.²)

So hat auch Guillem de Cerveira mit seinen »Verses proverbials« die didaktische provenzalische Poesie von einer anderen Seite her bereichert.³) Der wirksamste Didaktiker aber und überhaupt, soviel uns bekannt, der fruchtbarste unter den provenzalisch schreibenden Katalanen ist Serverí de Gerona gewesen.

Über hundert Gedichte sind von ihm erhalten.⁴) Die im Verhältnis hierzu sehr geringe Anzahl, welche bisher ediert

---

¹) Stimming, Bertran de Born No. 42 und dazu Einleitung S. 84 f. ²) Gedruckt bei Bartsch, Denkmäler S. 88—94. ³) Jetzt vollständig gedruckt Romania 15, 28 ff. ⁴) Milá, S. 367 ff. u. Revue d. l. r. 2ᵉ série II 226.

vorliegt, zeigt ihn durchaus der lehrhaften Gattung zugewendet. Er hat ein starkes Bewufstsein von dem Werte seines poetischen Prediger-Amtes, das einen unabhängigen, ehrenfesten Charakter verlangt. Zuweilen sucht er durch etymologische Spielereien seine mahnenden Sätze eigenartig zu begründen. Sie richten sich an die Allgemeinheit wie an einzelne Stände, an die Ritter, die Richter. Häufiger noch tritt er den schlechten Frauen — und für schlecht hält er die meisten — polemisch gegenüber. Hier ist er besonders bemüht, seine Gedanken in Bild und Gleichnis zu wirksamer Anschaulichkeit herauszuarbeiten, und nicht selten findet er auch bezeichnende, sprichwortartig zugespitzte Wendungen.

In diese Reihe stellt sich nun Raimon Vidal. Wie den Genannten ist es ihm inhaltlich vor allem um gute Lehren, Lebensregeln zu thun; ihm eigentümlich aber ist nicht nur, dafs er zum Zwecke breiterer Behandlung jedesmal ein bestimmtes Gebiet aussondert, sondern mehr noch, dafs er seiner Didaktik durch novellistische Einkleidungen eine höhere und wirksamere künstlerische Form zu geben versucht hat.

Es ist zweifellos, dafs seine Vaterstadt nicht einer der beiden gleichnamigen Orte in Süd-Frankreich, sondern das heutige Bezalú ist, das in der Provinz Gerona an der Fluvia liegt, da wo sie aus den Vorbergen der Pyrenäen in die Ebene eintritt.[1])

Die Frage nach der Zeit seines Lebens und Dichtens läfst sich nur zugleich mit dem Versuch, seine Werke zeitlich zu fixieren, beantworten. Dokumentarische oder sonstige direkte Zeugnisse liegen darüber nicht vor.

Indessen die Gedichte enthalten manche Anhaltspunkte, woraus auf die Zeit in der sie entstanden sind zu schliefsen ist.

Wir betrachten zunächst »Abrils issi' e mays intrava.«[2])

Geht man hier auf die Quellen zurück, denen Raimon Vidal die in diese Novelle eingefügten Citate entnommen hat, so findet man, dafs die Verse Guirauts von Bornelh (Dkm. 147, 18—21) einem Gedichte angehören, das nach einer in

---

[1]) Milá S. 325.   [2]) Bartsch, Denkmäler S. 144 ff.

der Revue des langues romanes XIX 275 ff. abgedruckten Biographie dieses Dichters entstand, nachdem der Vizgraf von Limoges dessen Haus hatte plündern lassen. Chabaneau weist in der Anmerkung zu der darauf bezüglichen Stelle (S. 277 A. 3) nach, dafs dieses Ereignis in den Dezember 1211 zu verlegen ist.

Es ergibt sich hieraus, dafs höher hinauf als in das Jahr 1212 Raimon Vidals Novelle nicht datiert werden kann. Keines von den übrigen Citaten steht dieser Datierung im Wege.

Dkm. 164, 30 ist von Alfons II. von Aragon die Rede als »del paire nostre rey cortes« m. a. W. wir befinden uns unter der Regierung Pedro's II. (1196—1213). Somit bleibt für die Abfassung des Gedichtes nur die Zeit vom Frühjahr 1212 bis zum 13. September 1213, d. i. bis zur Schlacht bei Muret, in der Pedro fiel.

Man könnte noch daran denken, die im Gedichte aufgezählten Fürsten und Herren für die Bestimmung der Abfassungszeit zu verwerten, machte es der Zustand der handschriftlichen Überlieferung des Textes nicht bedenklich, eine Präsens- oder Perfekt-Form zum Anhalt chronologischer Schlüsse zu nehmen.

Von den Citaten der unten folgenden Novelle läfst sich nur im allgemeinen sagen, dafs die jüngsten bis an das zweite Jahrzehnt des dreizehnten Jahrhunderts heranreichen. Irgend eines der Gedichte, denen sie entnommen sind, bestimmt zu datieren, ist mir nicht möglich gewesen.

Aber an jedem Anhaltspunkt zur Bestimmung der Abfassungszeit fehlt es darum doch nicht. Von Raimon von Miraval heifst es V. 109: »que mais saup d'amor que paris«, von demselben V. 679 »que tan fon fis« und V. 1324 »cuy plac domneis«. Diez (L. W.² 308) setzt ihn »ungefähr 1190 —1220«. Und ähnlich fixiert er Guiraut von Bornelh (S. 110), von dem es hier V. 260 heifst: »que mai saup d'amor que tristans«.

Will man nun diese Einführung des betreffenden Citates, sowie die des ersten von Raimon von Miraval bezüglich ihrer Beweiskraft beanstanden, da beide Male dem *saup* zweier H. H. die Präsensform einer gegenübersteht, so genügen auch die

beiden anderen von R. von Miraval für den Schluſs: wenn mit Diez als das Todesjahr von R. von Miraval etwa 1220 angesetzt wird (gewiſs lebte er noch zwischen 1216 und 1218. S. 318f.), so muſs die Abfassung der Novelle mindestens in das dritte Jahrzehnt des dreizehnten Jahrhunderts herabgerückt werden.
· Dagegen hat Milá (S. 318 A. 4) mit dem Hinweis auf V. 1163. 64, wo es von Herrn Hugo von Mataplana heiſst: »aisi com es Ricx e cortes« unsere Novelle vor 1213 gesetzt. Für sich betrachtet bedingen diese Worte das allerdings; Herr Hugo starb 1213. Aber gleich der erste Vers des Gedichtes legt doch Abfassung und Zeit des berichteten Vorganges weit auseinander, auch sagt ja Milá selber von diesem: »se refiere á un tiempo mejor y algo lejano«. Dafür aber scheint die beschränkte Zeit von Herrn Hugos selbständiger Hofhaltung gar keinen Raum zu bieten, denn 1197 lebte sein Vater noch, und 1213, wie gesagt, starb er selber. Zu beseitigen sind indessen die Worte nicht, und man kann sie nur dadurch für die Beweiskraft jener anderen Stellen unschädlich machen, daſs man das *es* aus dem Reimzwang oder einer Nachlässigkeit, aus beiden vielleicht, erklärt.

Eine dritte Novelle, den »Castiagilos«[1]) hat der Dichter an den Hof des Königs Alfonsos VIII. von Castilien (1158—1214) verlegt; dort habe er sie einen Joglar vortragen hören. Für ihre Abfassungszeit fehlt übrigens jeder Anhaltspunkt.

Da auch in den »Razos de trobar«, einer grammatischen Einführung in die provenzalische Kunstsprache, die in jedem Betracht R. Vidals bedeutendste Arbeit ist, die Citate nicht für die Datierung nutzbar zu machen sind, so ist für die Wahrscheinlichkeit späterer Abfassung nur darauf hinzuweisen, daſs bei einem Katalanen der praktische Gebrauch einer ihm so nahestehenden Sprache theoretischen Erörterungen darüber naturgemäſs vorausgegangen sein wird. So auch wird erklärlich, daſs der Dichter R. Vidal nicht wenige der sprachlichen Inkorrektheiten sich hat zu Schulden kommen lassen, die der Grammatiker ausdrücklich verpönt.

---

1) Bartsch, Lesebuch S. 29 ff.

Dafs der Dichter den Hof König Alfonsos II. von Aragon (1162—1196) kennen gelernt hat, sagt er selber (Dkm. 164, 29). Nehmen wir nun an, dafs er zu Anfang der neunziger Jahre des zwölften Jahrhunderts mindestens in seinem fünfundzwanzigsten Lebensjahre gestanden, so würde man ihn mit einem Alter von 60 Jahren bis an die Schwelle des vierten Jahrzehnts des dreizehnten führen.

Von seinen drei Novellen ist nur einer, die welche er selbst Castiagilos genannt hat, nachzurühmen, dafs sie die Gattung vorteilhaft vertritt, schlicht und ohne lästige lehrhafte Unterbrechungen die Darstellung zu Ende führt und erst hier, nicht unpassend, der Nutzanwendung eine Anzahl Verse widmet.

Die hier im Abdruck folgende verrät auf den ersten Blick durch die novellistische Einkleidung hindurch deutlich das Tenzonen-Motiv: Ein Ritter, der sich von seiner unerbittlichen Dame abwendet; ihr Fräulein, das sich ihm geneigter zeigt, und ihn, nachdem sie selbst eine Domna geworden, mit ihrer Huld erfreut; die Dame, die ihn jetzt von neuem in Anspruch nimmt; die streitige Frage nun, welcher von beiden er endgiltig angehören soll: es ist ein Tenzonenstoff, so ähnlich vielen anderen in Tenzonenform behandelten, dafs es nicht überraschen würde, wenn auch er schon so bearbeitet sich wirklich vorfände. In der That tenzonieren über eine ganz ähnliche Frage Herr Blacatz und Guillem von Saint Gregori[1]).

Von unserer Novelle jedoch und von dem was die höfische Sitte, mit anderen Worten also der gute Ton jener Zeit verlangt zu haben scheint, weicht jene Tenzone darin ab, dafs das Fräulein auch ohne verheiratet zu sein mit einem Kusse den Ritter sich zueignet.

Ob Raimon Vidal den Stoff hier entlehnt hat, ist nicht zu erweisen; möglich ist es bei einem so gründlichen Kenner der zeitgenössischen provenzalischen Litteratur sehr wohl, auch findet Herr Blacatz in der anderen Novelle eine auszeichnende Erwähnung. Es würde das seinem Verdienste, das hier ein lediglich formales, künstlerisches ist, nichts neh-

---

[1]) **Mahn**, W. II 139.

men. Denn den Stoff hat er in der lyrischen, ganz besonders subjectiv ausgestalteten Form übernommen, in der die verschiedenen Ansichten einer Frage von verschiedenen Poeten zu einer Composition zusammengeschmolzen werden, umgeformt aber und künstlerisch vervollkommnet hat er ihn zu einem epischen, dramatisch bewegten Gedicht, in dem er allein alle Fäden in der Hand behält. Es ist das derselbe formelle Fortschritt, den auf lyrischem Gebiete unter den älteren Trobadors schon der Mönch von Montaudon vertritt.[1])

Als Gegenstand der dritten Novelle wird zumeist »der Verfall der Poesie« bezeichnet.[2]) Es scheint das doch nicht so wesentlich ihren Inhalt auszumachen. Sie zerfällt deutlich in zwei Teile. Der erste stellt allerdings die schlimmen Erfahrungen eines Joglars in der höfischen Welt dar und legt dem Delphin von Auvergne eine ausführliche Bestätigung des Verfalles guter alter Herrensitte in den Mund. Aber wie schon dieser zuletzt doch seiner Rede einen tröstlichen Abschluſs gibt, so stellt R. Vidal im zweiten Teil der Novelle die eigenen Ermahnungen und praktischen Ratschläge ebenfalls unter den letzteren Gesichtspunkt; und wie selbstverständlich ihm die Rückkehr des Joglars in jene Welt erscheint, zeigt er deutlich genug dadurch, daſs er allmälig vollkommen in einen Ensenhamen übergeht.

Von der Darstellung und dem Stil ist nicht viel Gutes zu rühmen. Jene gibt fast überall ein verwirrtes Räsonnement, das dem Versuche klarer Scheidung der Gedankengruppen oft die ermüdendsten Schwierigkeiten entgegensetzt. Und selbst wo die Grenzen deutliche sind ist es schwer, den Inhalt auch nur einer mäſsigen Anzahl von Versen auf eine einfache Formel zu bringen. Das Bedenklichste ist aber ohne Frage, daſs sich zuweilen die Trägheit verrät den Worten die Führung der Gedanken zu überlassen. Ein sehr bezeichnendes Beispiel hierfür bietet »So fo el temps« V. 1299 vgl. mit 1297, in der Darlegung Herrn Hugos, deren Gedanken-

---

[1]) Gr. 305, 7. 12. Diez, Poesie der Troubadours ² 166. 167.
[2]) Bartsch, Gr. § 19.

folge überhaupt eine unerwünschte Verwandtschaft mit ähnlichen Betrachtungen in »Abrils issi' e mays intrava« zeigt. (Vgl. auch Dkm. 160, 23 zu 20, wo hinter 21 ein Komma, in 22 quer statt quel und dahinter ein Punkt zu setzen ist; Dkm. 170, 32 zu 31).

An anderen Stellen ist ein Wort aus einem der letzten Verse eines Citates hinterher sofort für die eigene Darstellung verwertet, wodurch sehr deutlich der Eindruck schnell und unbekümmert hingeschriebener Verse hervorgerufen wird. (Dkm. 176, 31 zu 29. So fo 689 zu 688. 1332 zu 1330).

Die Mängel der Charakteristik treten überall hervor: nirgends scharf abgrenzende prägnante Attribute; aus tautologischen Häufungen läfst sich selten mehr als das allgemeine »gut« oder »schlecht« entnehmen. Besonders unglücklich ist der Dichter in der Schilderung anmutiger Frühlingstage, zu der er sich nur zu gern von geeigneten Scenen seiner Erzählungen verleiten läfst. Die beiden gröfseren Novellen hat er in diese Jahreszeit verlegt; aber auch abgesehen davon hält er augenscheinlich einen kurzen Hinweis auf das landschaftliche Kolorit einer Scene für poetisch erforderlich. Dabei mufs sich dann aber das Frühlingswetter Attribute gefallen lassen, welche an anderen Stellen die höflichen, liebenswürdigen Ritter tragen, oder die für einen Joglar passend erscheinen. (Vgl. Dkm. 147, 5 So fo 1081 mit Dkm. 154, 13. 170, 25.)[1]

Stilistische Künsteleien fehlen nicht (Lb. 30, 79. So fo 1178).

Lb. 34, 17. 18. bietet das Beispiel einer stilistischen Spielerei, die wieder sehr deutlich die schnelle, nachlässige Reimerei verrät. An anderen Stellen scheinen solche Wiederholungen unbeabsichtigt, so in So fo 908. 905. Einzelne Worte werden, um den Vers zu füllen, innerhalb desselben Satzgefüges wiederholt: Dkm. 178, 29. 28. So fo 1162. 1161. 1181. 1180.

Ob aber ein Vers wie Dkm. 162, 26 nicht doch eher man-

---

[1] Auch auf eine Charakteristik des Wissens wie es sein soll sei noch kurz hingewiesen: Saber vol homs ferm(s) ses mentir Adreg e franc e conoissen. (Dkm. 171, 15. 16.)

gelhafter Überlieferung als dem Dichter selber zur Last zu legen ist, mag dahin gestellt bleiben.

Um es mit einem Worte zu sagen: wir sehen hier, vor allem in »Abrils issi' e mays intrava«, die Ausartung dessen was F. Wolf einmal als die höfische »Conversationspoesie« der Provenzalen charakterisiert hat.[1])

Einen sehr viel vorteilhafteren Eindruck macht schriftstellerisch die Einleitung zu den »Razos de trobar«. Schon Milá hat in einer ausführlichen Anmerkung darauf aufmerksam gemacht. (S. 327 A. 4) Die behaglich ironische Färbung dieser Zeilen, einige stilistische Grundwahrheiten, die Milá sogar einmal an Horaz erinnert haben, setzen den Leser in Erstaunen bei demselben Autor, dem als Dichter eben noch das Gegenteil von treffendem Ausdruck klarer Gedanken zum Vorwurf gemacht werden mußte.

Von lyrischen Gedichten, ungerechnet die welche er in seinen Novellen als eigene citiert, gehen noch zwei unter seinem Namen. (Gr. 411, 2. 3). Bei dem letzten macht Milá darauf aufmerksam, daß es in »teueren« Reimen gedichtet sei und gelehrte Färbung trage, beides schon aus dem ersten Verse zu schließen. (S. 326 A. 3).

---

[1]) Ticknor, Geschichte der schönen Literatur in Spanien. Deutsch von N. H. Julius II 507.

So fo e·l temps c'om era iays
e per amor fis e verais
e cuendes e de bon escuelh,
qu'en lemozi, vas essiduelh,
5 ac .I. cavaier mot cortes,
adreg e franc e gent apres
e a totz afars pros e ric;
e car son nom ades nous dic,
estar m'en fa so car no·l say,
10 e car el en sa terra lay
no fon ges dels barons maiors;
per que sos noms non ac tal cors
coma de comte o de rey;
per sous dic que no fon, so crey,
15 *senher mas d'un castel basset;
mas nobles cors, que mans en met
de bas loc en ric et en aut,
li donet que saup far azaut
e d'avinen tot cant anc fetz
20 a totz sos iorns; e que·n diretz?
que tant puget per galhardia,
per pretz e per cavalairia
e per armas e per servir,
c'a totz si fetz mil tans grazir
25 que barons qu'en la terra fos.
vas qu'el sera de companhos
menet soven et voluntiers.
tans ac de covinens mestiers,
que *cavayers fo *pros e *bos,
30 qu'en la terra non ac baro
a qui taisses, que de bon grat

no·l fezes de sa cort privat
e poderos ab lui ensems. —
  e membra·m be qu'en sellui temps
35 que·l cavaiers fon pros aissi
ac una don' en lemozi
valent de cors e de paratie,
e ac marit de senhoratie
e d'onor ric e poderos.
40 mot fo·l *cavayers coratios,
que seley amet per amor.
e la dona, que de valor .
lo vi aital e de proeza,
anc noi *volc gardar sa riqueza,
45 ans lo retenc lo premier iorn;
qu'en bernartz dis del ventadorn:
*c'amors segon ricor no vay.
e doncx nous cuiatz vos, de lay
cant el se senti retengutz,
50 c'adoncx fos pus aperceubutz
e pus iays que dabans non era?
si fo, e de melhor manieira
valens e pus abandonatz;
car bon'amors fug als malvatz
55 e dona·s als bos metedors.
e don', ab cui treva valors
e *val sabers e conoissensa,
com auza far desconoissensa
ni drut recrezen per aver
60 ni tal que ia noṅ aus valer
ni en cort venir ni anar!
sabetz, cal drut deu dona far
que per pretz vol menar ioven?
adreg e franc e conoissen,
65 ardit et en cort prezentier,
e gart, cant penra cavayer
a si servir, que sieus paresca,
e qu'e s'amor melhur e cresca;

car aissi·l pot far de paratie.
70 c'anc malvatz no fo de linhatie,
ni hom galhartz de vilania;
car lay on valors ven e tria,
ven paraties, e de lay fuy
on paubres cors soven s'aduy,
75 que mans n'a fait bas d'hautz baros.
e per so dis en perdigos:
»en paratie non conosc ieu mai re
mas que mais n'a sel que mielhs se capte;
e cascus pot saber qu'es dretz,
80 e per so·l cavayers adretz,
on ricx cors noiric cortezia,
can vi c'a sidons non tanhia
per paratie ni per ricor.
volc enantir tan sa valor
85 c'ab lieys s'engales pauc o mout.
e non estet en ley de vout
vestitz, ni patz a una part,
ans se carguet guerr'e regart
e fes per sos vezis assautz;
90 aisi com dis en räymbautz .
— e sel que·m vol auzir escout —
»per midons ay cor estout
et humil e baut;
e s'a lieys no fos d'azaut,
95 ieu m'estera en loc de vout,
e d'als no pensera mout,
mas mangera e tengra·m caut,
et agra nom räymbaut.«
no volc aver nom räymbaut
100 lo *cavayers mas bo e belh. —
e la dona, per far sembelh
a la gent que vay devinan,
volc lo sofrir a son deman,
e c'om pus bas non i dones;
105 car greu er pros dona, c'ades

cal que drut hom noill en devi;
e si no·n voletz creire mi
auiatz d'en miravalh que·n dis,
que may saup d'amor que paris
110 ni hom c'anc auzissetz comdar:
»sabetz, per que deu don'amar
tal cavayer que·l sia onors?
per paor dels mals parladors,
c'us non la·n puesc' ocaizonar
115 d'aiso c'ad onrat pretz s'atanh.
car pus en bon'amor s'enpren,
nulhs hom no·m pot pois far crezen
que ves autra part se vergonh.«
aisi·m par issida del ponh
120 a malparliers dona prezans. —
Enaissi·l tenc may de .VII. ans,
la dona·l cavaier queus dic,
que pres del sieu e que·l sofric
son deman e que la preies,
125 e qu'ella·l donet que portes
anels e manias per s'amor. —
adenan, .I. iorn de pascor,
c'aisi servia·l cavayers,
anet, car n'era costumiers,
130 vezer sidons en son repaire;
e sieus cuiatz qu'ella·l saup faire
tot cant a bel solatz cove,
ia non cug quey falhatz en re,
c'anc dona mielhs no s'en captenc.
135 e·l cavaiers, sempres que venc,
osta lieys s'anet asezer;
e no foron mas can plazer
las premieiras novas d'abdos.
imas sel que n'era bezonhos
140 e per sobramor apessatz,
co hom cortes et ensenhatz
a sidons deu far, li comensa

l'amor e la long' entendensa
qu'en lieys a fach' e·l lonc servir,
145 e com li deu tostemps grazir
lo ben e l'onor qu'en luy es;
car be sap e conois manes
que per lieys l'es tot avengut;
e si·l tenia en loc de drut
150 a son iazer ni per privat,
no·s cuia quey agues peccat
ni facha lunha leugaria;
e car lo·l ditz per merce·l sia
que non li o torn a lunh mal,
155 c'amors l'en fors', e no n pot al;
e pois totz iorns pot auzir dire
qu'e·l mon non a tan greu martire
com lonc esperar, qui·l sec fort.
aisi no·l respos nulh conort
160 la dona, mas *iradamens:
per dieu, fai·s ela, malamens
ai messa l'amor qu'eus ay facha,
c'aital anta m'avetz retracha
nieus pessetz anc c'ab mieus colques;
165 non aviatz pro queus ames
eus tengues per mon cavayer?
a mi m'en torn que mal m'en mier,
que per vos n'ay laissatz mans ricx;
mas en bernartz, lo fis amicx,
170 o dis, so sabetz, qu'ieu o say:
»totz m'en desconosc, tan be·m vay;
e s'om sabia, en cui m'enten!«
tan n'ay fag per ensenhamen
que totz vos n'es desconogutz.
175 aisi, car voles esser drutz,
vos tuelh mo solas e m'amor,
e pensatz de conquerr' alhor
dona, c'ab se vos denh colcar;
c'ab mi non podes may trobar

180 esmenda, patz ni fi ni treva.
ab tan de iosta luy se leva,
cais c'als autres vol far solatz. —
e·l cavayers remas iratz
e per amor en manta guerra,
185 e tenc lo cap pessieu vas terra
ab mant pensamen enuios:
era·s penet, car fon cochos
vas sidons tan de dir son cor,
e maldis selui qu'a nulh for
190 amet anc, car tot cant avia
fag en .VII. ans, pert en .I. dia
ses forfag, e no sap per que. —
en la sala, que be·m sove,
on aiso fo c'a seluy peza,
195 ac una donzela corteza,
nepta fo·l senhor del castel;
azaut cors ac e gent e bel
e iove, que non ac vint ans;
e aperceup be per semblans
200 e per fag las novas d'abdos,
e vi·l cavayer cossiros
per la dona que s'en levet,
e *penset, c'anc sol no·y ponhet,
c'auzit ac so que no·l fon bo.
205 ves luy s'en va per occaizo
d'aver solatz, e·l cavayers,
desque la vi, mot voluntiers
iosta si li fes bel estatie,
com a donzela d'aut paratie
210 deu hom far, cant es rica e bela. —
aisi co hom se renovela
solatz per traire cor d'autruy,
li vai dizen tan que l'aduy
en las novas c'auzir volia.
215 e·l cavayers li dis: amia,
car nous conosc de vos no·m gart;

ans car semblatz de bona part
e tals cuy no taing malvestatz,
vos diray, e sia·n celatz,
220 de vostra domna co·m n'es pres
ieu cug que tant avetz apres
— non per iorns, mas per plan coratie —
que ben sabetz que per paratie
ni que m cuges esser sos pars,
225 non amey — e sia·n cuiars
eissitz — vostra don'a mos iorns;
mas amors, que non es soiorns
selui que vol trop aut amar,
la·m fes tan soven remembrar
230 que mal mon grat loy aic a dir.
e car anc m'o volc acuilhir
qu'eu la preges, noy gardei re
a lieys servir, ni mal ni be
ni tort ni dreit, cals queil plagues;
235 e membra·m be, cals c'o disses,
e cug fos n'arnautz de marruelh, —
que mai saup que sel de nantuelh
d'amor ni autre al mieu albir:
»e can me pes cals es, que·m fa languir,
240 cossir l'onor et oblit la foldat,
e fug mo sen e siec ma volontat.«
aisi m'a volers enganat
e fag amar .VII. ans en van;
eras, can cugey penre plan
245 e leu so c'avia servit,
es m'avengut so c'ai auzit
que dis en *folquetz l'amoros:
»per qu'er peccatz, amors, so sabetz vos,
si m'aussizetz, pus vas vos no m'azire.
250 mas trop servirs ten dan mantas sazos;
que son amic en pert hom, so aug dire;
qu'ieus ai servit et encar no m'en vire;
mais car sabetz qu'en guizardo enten,

ai perdut vos e·l servir eyssamen.«
255 aiso no·m par del vostre sen,
dis la donzela, bels amicx;
assatz tocatz de bas aficx,
vas que de cor semblatz azautz;
auzatz so que·n dis en guirautz,
260 que mai saup d'amor que tristans:
»e com ia semblari' enians
aitals balans,
c'om ben ames e no sofris!«
e car ma dona no s'en ris
265 al premier mot e nous dis oc,
per sous cuiatz queus torn en ioc
vostr' afar, nieus datz cossirier;
e d'en guilhem de san desdier
que·n dis, non auzis anc parlar?·
270 »e sel c'obra d'amor sap far,
jes qer .I. mot no·s desesper;
car bona dona son voler
sela soven per essaiar.«
voletz n'en mon cosselh estar
275 o non? o yeu mot voluntiers,
amiga, dis lo cavaiers,
e prec vos que m'en cocelhetz.
ades vuelh doncx queus remembretz
aquesta cobla per intrar,
280 c'auzis a·n guilhem adzemar
mantas vetz dir et en mans locx:
»e fara·m canezir a flocx
si no·m secor enans d'un an;
car ia dizon que·m van brulhan
285 canetas, e no·m sembla iocx;
e si·m fai ioven canezir,
tot canut m'aura, can que tir;
que bos esfors malastre vens.«
et a vos remembr' eyssamens
290 aquesta qu'es entre nos ams:

»e cuiatz c'aisso sia clams,
ni que m'en rancur? no fas ies;
tota ma rancura es merces,
si be·s passa·l ditz los garans;
295 no soy clamans;
mas be volria ela·s chauzis
que no falhis,
tan es adrecha e ben estans;
que·l maiers pans
300 del pretz caira, si no·l sostc vertatz;
e sera greu fis .I. cors ves dos latz.«
ab aital cor vuelh que siatz,
amicx, la donzela respon;
et yeu, per lo senhor del mon,
305 car dolors es d'ome que ama,
ab midons — e sitot s'en clama,
no m'en cal — vos serai mot bona.
mas de mieg iorn ad ora nona
cs, e vos remanretz aisi;
310 e non laises c'al bo mati,
ans queus movatz ni·l *cautz s'espanda,
non tornes a vostra demanda,
aisi co fis amicx deu far.
car ben leu per vos essaiar,
315 o car noy vengues de sazo,
avetz trobat aital de no;
e deu s'en melhurar, so cug.
e dirai vos so que ies tug
nous sabrian dir, si·m n'esvelh,
320 que·n dis en guirautz de bornelh,
e membreus afortidamen:
»qu'en patz e sufren
vi ia que·m iauzira
d'un' amor valen,
325 si leugeyramen
per fol sen savay
no·m fezes esglay

so que m'aiudera,
s'ieu fos veziatz;
330 e feychi·m iratz;
per c'autre senatz,
can m'anei tardan,
pois apres enan.
e pois sofertera
335 maiors tortz assatz,
can m'en fuy lunhatz
e *fuy·n enfreidatz.
per queus prec eus man
que sofratz aman.
340 be·m platz qu'ilh aman
amon sufertan;
car cil venseran
que be sofriran.«
e vos que l'avetz sufert tan,
345 non o perdatz per sol .I. ser. —
aisi·l fe la nueg remaner
la donzela, cui dicus ampar;
e non oblidet c'al colgar,
cais qui·s vai d'autr'afar parlan,
350 a sidons non demandes tan
qu'en las novas la fetz venir.
mas sela, que·n pres son albir
aissi com s'era trop sabens,
leva la ma, fier l'en las dens,
355 que·l sanc l'en fe yssir manes:
vay! fai·s ela, maldicha res,
vils senes sen, que vos m'auses
parlar de tal causa, c'ades
non o compresetz ses desvet.
360 e la donzela s'en calèt
e tenc se per envilanida
e dis qu'anc mala fo ferida,
que sa dona re non auzi.
aisi remas tro al mati,

365 que tug levan per la maio. —
e·l *cavayers, can vi sazo
c'a sidons degues mai plazer,
iosta ley s'anet assezer
e tornet li a son deman.
370 mas no l'en calc anar enan,
c'al comensar auzi tal re
que per tot cant hom e·l mon ve
non ausera may dir I. mot
may sol aitan, e fon fag tot,
375 com sel c'apenas s'asegura:
»cortezia non. es als mas mesura,
e vos amors no saupes anc que·s fos.
per qu'ieu serai tan pus cortes que vos,
c'al maior bruy selarai ma rancura.«
380 e vos o faitz qu'ieu no·n ai cura
mas que denan mi vos ostes,
respon la dona, e que penses
d'autre vostr' afar per iamais. —
assatz ac cascus en son lais
385 que comtar marritz et estiers,
la donzela e·l cavayers,
can abdui si foron trobat.
e sel que s'ac lo cor irat,
car a sidons no·l valc servirs
390 ni loncs atendre ni blandirs,
ni car anc no·l tenc malafes,
li dis: amia, mal m'es pres,
e pieitz aten, e venga·m pur;
car on pus a midons m'atur
395 e mays la prec, ieu may y pert
e mens y truep de bo sufert
e mais maldich e peior fait;
e sui vengutz al mal retrait;
qu'en bernartz del ventadorn dis,
400 que tan fon ves amors aclis,
et abtot n'ac mant desplazer:

»pus ab midons no·m pot valer
dieus ni merces ni·l dreg qu'ieu ai,
ni a lieys non ven a plazer
405 qu'ieu l'am, iamay non loy dirai;
aisi·m part de lieys e·m recre;
mort m'a e per mort li respon;
e vauc m'en, pus ilh no·m rete,
faizitz en issilh, no say on.«
410 no faretz, ela li respon
aisi com pros et ensenhada;
e·l dis: amicx, mot soy irada,
car aissieus pren de vostr'amor;
mas vos y faitz gran deshonor
415 a vos meteys e·l desconort.
amicx ab cor segur e fort
avetz entro aisi estat;
et eras, cant avetz puiat
vostre pretz, lo laissatz chazer.
420 aissi venretz a nonchaler
co hom recrezutz e malvatz;
qu'en gui d'uysselh, sieus o pensatz,
o dis aissi con fis e bos:
»tan cant hom fay so que deu, es hom pros
425 e tan lials can se garda d'enian;
per vos o dic, que sieus lauziey antan,
mentr'era·l ditz *vertadiers e·l *faigz bos,
ies per aiso non devetz dir qu'ieu men,
sitot nous tenc aras per tan valen;
430 car qui laissa so c'a be comenssat,
non a bon pretz per aisso qu'es passat.«
aiso·m par dig d'ome onrat,
car vol far sos faitz avinens.
auiatz so que·n dis eyssamens
435 *raimons vidals de bezaudun,
per tolre cor flac et efrun
als amadors vas totas partz:
»lus e dimartz matis e sers

  e tot l'an tanh, quies ricx e gens,
440 que sapcha far faitz avinens
  e dir paraulas benestans.
  e ia·l demans
  per fals'amor als fis non pes,
  sitot s'en pert mans bos iornals;
445 mais totz aitals
  am cascus ferms e francs apres;
  e non li·n falh pretz o amicx o gratz
  o dona tals don er mot gen pagatz.«
  e vos non es apparelhatz
450 a far un iorn malyatz captenh;
  e si perdetz don', al demenh
  vos en reman pretz·ab valor.
  e sapchatz c'a bon camiador
  no·lh falh dona vas cal que part.
455 pero devetz aver esgart
  contra sels que van devinan
  ni lonc atendre van blasman;
  qu'en miravalhs o dis ses gab:
  »sel cui ioys tanh ni chantar sap,
460 pois sos bels ditz vol despendre,
  a tal dona·ls fass' entendre
  c'onratz l'en sia·l dans e·l pros.
  c'assatz deu valer cortes nos
  desavinen drudaria;
465 e s'ieu domney ab fadia,
  sivals ades enquier en loc gentil.«
  no pot hom aportar a fil
  ni a bon talh totas amors;
  e, si per locx a trichadors,
470 no devon esser tug blasmat.
  amat avetz en loc onrat,
  e val ne mais vostra valors;
  per c'autra be podetz alhors
  enans trobar, pos aisieus falh. —
475 aisi pensan entra en trebalh

e fa co·l puesca retener
a si puiar e far valer,
e car de cosselh l'amparet.
mas no sap com, tro que·l membret
480 que·n dis *peires *bremons l'autrier:
»mal fa dona, car non enquier
paubre cavayer, can es pros,
pois lo ve franc et amoros,
bon d'armas e ser voluntier.«
485 aiso·l met cor, e pus entier
loy met bernartz del ventadorn,
que, per tolre pensamen morn
als flacx arditz, dis veramens:
»be s'eschay a don' ardimens
490 entr' avols gens e mals vezis,
e s'arditz cors non l'afortis,
greu pot esser pros ni valens.«
aisi la destrenh pensamens,
que·l fa sentir qu'ela·l volria
495 a cavayer, s'a luy plazia,
ab lial cor, fi e pauc mois.
e·l *cavayers, cant o conoys,
ves lieys s'es fach humelian,
e promet li qu'en merceyan
500 vol esser sieus tan can vieura,
e que tostemps li membrera
la sazos en qu'ela·l rete.
aissi fon fach' en bona fe
l'amors e l'amistatz d'amdos:
505 qu'el la servis, e qu'ela·l fos
lials dona per tostemps mays,
e que·l vengues de lieys .I. bays
dins .I. an, que marit agues;
et e·l mieg, que cascus preses
510 de l'autruy manias et anels. —
va s'en lo *cavayers irnels
e per amor adreich e bautz;

e s'anc fes guerras ni assautz
ni per amor donet ni mes,
515 ar en fetz may, e per .I. tres
valc e servi may c'anc no fes. —
aissi s'avenc aisela vetz
que la donzela ses enian
ac marit ans lo cap de l'an,
520 un dels autz homes del päis;
e s'anc cortesa dona vis
ni de bos faitz, ela fon sela;
car may valc dona que donzela,
ia fon la melher c'om auzis.
525 a conoissensa dels vezis
venc que·l *cavayers la servic,
e que la dona l'acolhic,
aisi com ia s'agron empres.
mot lo tengron tug per cortes
530 lo fait la domna e·l cavayer,
e dizon c'anc mais tan entier
no viron ni tan benestan;
e qui no sap, va devinan,
que be·s farion abeduy. —
535 e la dona, que per enuy
ac de se·l cavayer lunhat,
al pretz que·n au a·l cor tornat
e manda·l que venha vas ley,
a trobar dona d'autra ley
540 que non trobet a l'autra vetz.
e·l cavayers, que no fon quetz
may mot cortes et ensenhatz,
a .I. iorn es vas lieys anatz
vezer, mas trop no s'en cochet.
545 e la dona l'acompanhet
aisi co saup, e so fon gen;
e blasma·l, car tan loniamen
s'es tengutz de lieys a vezer.
e el li dis que per plazer

550 que·l cui' aver fag, n'a estat,
e car anc mais aital comiat
son amic dona non donet;
car malament l'acomiadet,
segon qu'el era fis e bos.
555 non auzis girardon lo ros,
ela·l dis, ni faretz so·m par,
que·n dis als amics conortar
al comiat que·l donet s'amia:
»vostre serai, si ia noncaus plazia,
560 e vostre soi, c'amors m'a ensenhat
que non creza brau respos ni comiat,
que si o fes, mortz fora e recrezens.
aisi pren ioys amicx sufrens
e ferms, que per nien no's planh.
565 e vos, a ley d'un hom'estranh,
avetz me tornat a folia
so qu'ieu nous dis per leuiaria
ni per so que nous aculhis,
mas per proar, si m'eratz fis
570 ni lials amicx ses enian.
en miravals ne dis aitan
aqui, queus degra be membrar,
per selas que cuion proar
— el li respon — los trichadors:
575 »un plag fan donas qu'es folors:
can trobon amic que·s mercey,
per assay li movon esfrey
e·l destrenhon tro·s vir' alhors;
pueys, can s'an lonhatz los melhors,
580 fals entendedor menut
son cabalmen receubut;
per que·s cala·l cortes chans,
e sors crims e fols mazans.«
ieu vos avia ben .VII. ans
585 estat lials e dreichuriers;
e si fos fols, fals ni leugiers,

be m'o pogratz aver trobat,
e, que·l fals cor desesperat
no m'aguessetz, enqueras dit;
590 ans me degratz aver mentit,
per so que·n estegues pus plas;
aissi com dis .I. castelas,
mas nous sabria so nom dir:
»tal dona no quiero servir
595 que por mi no·s quiera rogar
de cavaler o de prestar
por que·s podria enrequir.
no li quiero·l suyo pedir,
pues tan dura m'es de fablar;
600 un poco deuria mentir
por son bon vassalh meiorar«
no·m degratz tan fort esquivar
ni respondre laig al deman,
mais retenen et eslongan
605 e prometen so que no fos;
e valgra may aital respos
a far, segon lo mieu semblan;
com en miravals dis l'autr'an
a tolre vils ditz et embroncx:
610 »veniansa de colps ni d'estoncx
no·m par d'amor ni de sas mas;
c'ab bels ditz covinens e plas
tanh que pros dona·s defenda;
car si trop tens' ab braus ditz durs,
615 non es sos pretz tan cars ni purs
c'om alques non la·n reprenda.«
et yeu fera longa atenda
mot voluntiers, si mestiers fos;
mas per vos, que·m fezes doptos
620 e m'aves tan fort esquivat,
ai en tal dona·l cor pauzat
don iamay no·l mourai per ren,
car ab lieys vai et ab lieys ven;

et ab lieys soy per testemps mays.
625 e vos faretz .I. autre lays
a tal que tan be nous conosca.
eras conosc c'amors es losca,
dis la dona, e mal'e falsa,
can vos m'avetz fach' aital salsa,
630 qu'ieu ai fag ric e benanan,
car nous mostriey leugier talan
al premier deman que·m fezes;
anc non auzis ni aprezes
so que·n dis us franses d'amor? —
635 »cosselhetz mòi, senhor,
d'un ioc partit d'amor
a cal ie me tendrai.
soven suspir e plor
por celi cuy ador
640 e greu martir' en trai;
mas un' autra·n preiai
— non sai si fi folor —
que m'a donet s'amor
sens poine e sens deslai.
645 losengier menteor
voldroien que des lor
fusse, mes no serai;
se ie a celi m'ator,
ie aurai fait träitor
650 de mon fin cor verai.
o celli me tendrai
per cui sui en error;
e tendrai a graignor
mon fin ioy can l'aurai.«
655 aquest avia cor verai
e de bona part, que non vos,
que l'avetz tan fals e doptos
qu'eras voletz eras laissatz.
mas si fossetz tan ensenhatz
660 ni tan cortes ni tan vassalhs,

aisi com dis en miravalhs
degratz atendre joy̆ valen:
»greu pot aver iauzimen
de dreich' amor drutz biays,
665 qu'ier se det et huey s'estrays;
mas qui ben ser et aten
e sap selar sa folia,
e iau sos pros e·ls embria,
ab que·ls tortz sidons aplanh;
670 sel *tenh d'amor per companh.«
e·l cavayers, que no·s complanh
ni·s partria de bon' amor,
a·l dig: de fort bon amador
avetz contat reyre-cosselh;
675 mas mentreus fuy en apparelh
aital, no·m volgues anc amar;
per qu'ieu no vuelh a vos tornar,
e faray so que·l meteys dis
en miravalhs que tan fon fis
680 e francx e de bon chauzimen:
»pus ma dona m'a coven
c'autr' amic non am ni bays,
ia dieus no·m sia verays,
s'ieu ia per nulh' autra·l men;
685 c'ab lieys ai tot cant volia
d'amor e de drudairia;.
que menor ioy ni pus manh
no vuelh c'ab lieys mi remanh.«
e vos remanretz ins e·l fanh.
690 ses mi que ia nous en trairay.
ab tan pren comiat e s'en vay
a sidons servir lialmen,
que l'ac garit d'aital turmen,
com de fals' amor per tostemps. —
695   . e la don', ab cuy son ensemps
remazut enuy e pessar,
vas seley que l'a fag camiar,

segon son sen, son cavayer
i trames un tal messatgier
700 que lay fes mantenen venir.
si anc solas pogues auzir
ni vezer bo ni amoros,
d'entrambas fo. e la sazos
venc que la dona·l dis: amiga,
705 al cor me floris e m'espiga
e·m nays .I. ioys per vostra vista;
e s'anc fuy pessiva ni trista
ni vas res morna ni irada,
eras soy algr'e pagada,
710 per so car vos vey bel' e genta,
e car al cor non par quey menta
ney falha pretz, segon c'albir;
e pretz m'en may, car anc noirir
saubi aital dona co vos;
715 mas fag m'avetz :I. enuios
e sobrier mal a escien,
car yeu say en vos tan de sen
e de saber c'anc noy falhis.
e so que pus m'enfoletis
720 ni·m fa esperdre ni camiar,
es car un iorn non puesc pensar
a ma perda restauramen.
vos sabetz be, segon qu'enten
ni aug ni veg, qu'e·l mon non a
725 ad obs de don', a far certa
ni bon son pretz, tan ric cabal
com cavayer pros e lial
ad entendedor e cortes.
per so car ies dona non es
730 ses entendedor tan plazens
ni tan cuenda ni tan sofreus,
no s'en pot tan be enantir.
bos entendeires fai auzir
als autres de dona son pretz;

735 e pren l'en aisi, so sabetz,
can pros cavaiers la chauzis,
com en miravals lo fis dis —
a far conoisser sa valor:
»mas mi ten hom per tan bo chauzidor
740 que so qu'ieu vuelh ten cascus per milhor.«
c'ades esgardon li milhor
e silh qu'en pretz volo puiar,
per on s'en vay sel que sap far
e que s'aten a pretz valen.
745 e·l malvat gardon eyssamen,
on son aculhit lur parelh;
per qu'ilh e lur malvat cocelh,
e donas ses sen que·ls acuelhon
an mort domney; per que s'i cuelhon
750 man blasm' e manta grieu colada.
e amors es n'a tort blasmada,
que noy a poder ni·n pot als;
si com dis en ramons vidals, —
bos trobaire mot avinens:
755 »amors non es vils ni desconoissens
ni val ni notz ni es mala ni pros,
amadors sec, e s'il *son cabalos,
es lur aitals, e camians als avars.
non es a dir ni deu venir cuiars
760 qu'entre·ls nessis trop hom amor valen;
que sel qu'es pecx si vil loc a triar,
a si meteys n'er dans e blasmamens;
e renda·l mal, qui·n mal loc ses donatz.« —
dels amadors fis e prezatz
765 e ses enian ve fin' amors,
e dels autres ve la folors
a far malvat captenh e croy;
per qu'ieu, car voli' aver ioy
e pretz del segl' aisi com tanh
770 a dona cuy sens no sofranh
ni valors non li es londana,

amiey e chauzi ses ufana
un cavayer per mi servir;
— vos sabetz de cal o vuelh dir,
775 sitot eras nous dic so nom —
e non avia cor de plom
sec ni malvat, mas fi e bo;
c'anc *cavayers mielhs de sazo
no fon a sidons ben amar.
780 e yeu volia mi salvar,
aisi com dis en räymbautz
de vaqueiras, que tan fon bautz
a far sidons cuend' e de grat:
»e mostra·ls pros so sen e sa beutat
785 salvan s'onor, e reten de totz grat.«
aisi l'avia ieu salvat
per me salvar mais de .VII. ans,
e car far deu dona prezans
so per que·s fassa enveyar,
790 non per soven son cor a dar
ni per sofrir malvatz demans,
mas per bos faitz e bos semblans
e per son cors gent a tener;
e non deu esperans' aver
795 mas en sol .I. que sia pros;
aisi com dis lo cabalos
en *miravals c'anc no fo fals:
»vers es que ies trobar dessals
non es proeza senes als,
800 ni sol .I. mestier valor.«
mas tan n'i a que an lauzor
de *beutat que non lur platz bes;
ni volria may c'om disses
aitals aman e son amadas;
805 e fenhon se enamoradas
neys cant als non aman de vis;
e non esgardan so que dis
sel de vaqueyras ses temer:

»Ieu pot hom gaug e pretz aver
810 ses amor, qui bey vol ponhar,
ab que·s gar de tot malestar
e fassa de be son poder.«
ieu non dic ies c'a mielhs parer
no venga pretz, sabers, beutatz,
815 e *c'amors non aport *mielhs gratz
de lunh' autra cauza del mon;
mas son *cor gasta e cofon.
e son sen met en nonchaler
dona que cuja pretz aver
820 aman, ses autre bo secors:
amar, non prezas fay amors
segon captenh e gen parlar.
e dona c'aiso tot sap far,
esperar deu entendedors,
825 per que·s *tenh de mantas colors
*sos sabers, e ses *totz *fadencx;
aisi com dis en uc *brunencx
a far sidons de bel estatie:
»c'als fols fai cuiar lo folatie
830 et als nessis nessies
et als entendens, apres
fenh ab bels ditz son *pessatie.«
e vos, per so car bel intratie
volgues aver e pretz aman,
835 avetz fag al premier deman
a vos venir mon cavayer
ses tot esgart; e ia non y er
ses dan de totz .III. remazut:
vos, per so car yeu l'ay perdut
840 a tort e per vostre cosselh,
es n'en blasme, tro al cabelh
*revelat enves trastotz latz;
e car anc may aitals peccatz
donzela ses marit no fetz:
845 sel que sol esser fis e netz

ad obs d'amar, ses cor leugier,
aves fag fals e messongier
e camiador a totas mas;
e yeu, que anc nulhs pensatz vas
850 ni *vils no m fo cargatz ni mes,
remanc ses ioy e, car non es
mos dretz saubutz, a tort blasmada;
aital salsa aital pebrada
sabetz vos far als non gardatz.
855 e sela cuy anc nuls talans
mals ni gilos no fon cargatz,
aisi com sela cuy non platz
mas ses tot genh bon pretz aver,
estet .I. pauc ab nonchaler
860 cab cli, e pres lo a levar
e .dis: ma dona, s'ieu ren far
saubi ni say ad obs de pretz,
ades conosc que tan m'avetz
vos mess' als vostres noirimens;
865 e car ab vos non es guirens
ses tot *dupte nulhs bos cuydars,
val m'en mos dreitz; e·l trop *parlars
que n'avetz fag, no m'en ten dan;
per so car yeu ia iorn claman
870 non tornarai mon dreg en tort,
e car ades n'ai .I. conort,
aquest qu'en *folquetz dis chantan,
per qu'ieu soi de melhor talan
e pus *sufrens en tota re:
875 »ans vuelh trop mais mon dan sofrir iasse
que·l vostre tort adrechures claman.«
*veniars ven mantas vetz a dan,
sitot s'es faitz pretz ab acort.
estiers vos dic, si *dieus m'aport
880 a far tostemps mon pretz valen,
c'anc per mi, a mon essïen,
non perdes vostre bon iornal;

mas ben es vers c'un iorn aital
co vos sabetz fo tot aisi;
885 hon yeu vostre cavayer vi,
segon mon sen, partir de vos;
e car me semblet angoissos,
vas terra clin ses tot esper,
iusta luy m'aney assezer
890 veramen per saber so cor.
aisi parlem entre demor
e dol e gaug e marimen,
vas qu'el me dis, com loniamen
avia seguit vostr' esclau
895 ses tot camiar, gent e suau
e fis e ferms, may de .VII. ans;
e que vos prendiatz sos gans
e sos cordos e sos anels
e d'autres avers bos e bels,
900 ses als que noy poc enansar,
segon qu'ieu li auzi comtar,
per penre ioy gran ni petit.
aiso mi duys non mal respit,
per so car yeu say que .VII. ans,
905 si doncx non renha ab enians,
neys dos no·s pot dona tener
de far a cavayer plazer,
si doncx no·l passet ab enian.
e so que pus me *mes avan:
910 a far conoisser la vertat.
venc qu'el me dis, per cal peccat
l'acomiades ses *totz *retenhs;
per qu'ieu, sitot mi semblet *genhs
e so que no fora de vos
915 a far aital malvat respos,
e cant o saupi per deman,
son doptos cor adomdiey tan
co vos trobes a *l'autra ves.
— si m'en feris, vos o dires,

920 o ia per me non er sauput —
e *ar, can vos a avengut,
segon vostre sen, malamen,
anatz so c'aviatz queren
lay on ia non o trobaretz.
925 may sieus membres so qu'en folquetz
en dis, vos o saubratz tener:
»per que'm par fols, qui no sap retener
so c'om conquier, qu'ieu pres ben atrestan,
qui so rete c'aura conquist denan
930 per son esfors, co *fatz lo conquerer.«
mays vos volgues amic aver
a vostre pro, ses autr' esgart,
adreg e franc, ses cor moyssart,
ab sol semblan, o servidor;
935 e cuy vol far son pro d'amor,
non es amaire, mas truans.
ieu non dic ges, s'us fis amans,
aisi co es us cavayers
adretz e francx, fis et entiers
940 ad obs d'amar e cabalos,
vol far ni dir per mi que pros
ses mon autrey, deg mi gardar,
per so car es lur pretz d'amar
donas valens e'n son pus *gay
945 e pus *ardit en *tot *assay
e mielhs *fait ad obs de servir;
e bona dona, can grazir
sap .I. pros cavayer ni far,
non cug aisi ses dan passar,
950 ab sol semblan, iogan, rizen;
mas pus li fara entenden
ren de son cors ni prenda·l sieu
segon amor o car o lieu,
tenguda l'es de gazardo.
955 aisi fa hom d'amor son pro,
e salva dona pretz entier,

non esqivan son cavayer,
cant n'a tot trag so que·l n'es bel.
salvar deu dona son capdel
960 e c'om non perda re ab ley,
ni vas son *amic non arey
ni prometa res ses donar.
mas vos avetz say dig, so·m par,
per qu'el non deu estar ab vos
965 queus a servit mantas sazos;
et enquer loy mandatz tornar,
non per son pro, mas per salvar
vos meteyssa; c'als non queretz.
mal avetz fag e pieitz dizetz
970 segon amor a bon captenh.
*amors non pot estar ab genh
ni aisi loniamens durar;
e qui la sap gen comensar
e ses enian, e mal fenir,
975 aisi li·n pren com auzi dir
al ioglaret en son verset:
»e si·l bos faitz a la fi non paret,
tot cant a fag lo senhor es mens.«
segon fi val comensamens,
980 *ges no *fis segon comensar;
mas vos me cuiatz abeurar,
aisi com s'era senes sen,
ab us fenhemens duramen,
cays que·m *pes, que no sia fis.
985 e sol nous pessat c'anc no vis
tan mal acabat com de por
a conoisser sen o folor
a cuy fa mal o bon jornal.
vos anatz dizen c'anc per al
990 non acomiades vostr'amic
mas per assay e per castic.
e per salvar *vostra razon
ieu dic que anc dona no fon

ves son amic ses mal träy;
995 e no·l cui'a perdre ses fi
ab sol .I. dels menors forfaitz.
*mort vos aves ab vostres plaitz,
e pueys dizetz qu'ieu o ai fag;
e sol non esgardatz, can lag
1000 esta a dona, ni com creys
*s'anta claman, car so meteys
*quier c'a perdut per son neleg;
et enquer n'atendetz *o *dreg
o esmenda; et yeu vos dic
1005 c'anc vostre *drut ni vostr' *amic
— o co queus vulhatz l'apelatz —
non emparey de nulh solatz
ni d'autras res ad obs d'amar:
ni cug ges, quey volgues tornar,
1010 que vos l'aculhissetz tan mays.
aisi·l trobey en greu pantays
co yeu vos ay dig e felo;
e car *l'emparey, vostre pro
cugey far e non vostre dan;
1015 per so qu'el no s'anes claman,
ni vostre tortz no fos saubutz,
e veramen per so c'a lutz
vengues per el *mos pretz enans.
comiatz per me petitz ni grans
1020 non aura; pero si·l voletz,
ni el vos vol, aisi·l prendetz,
ab mal que m'er tostemps e grieu.
 non passaretz aissi de lieu,
respos la don', amiga bela;
1025 vos sabetz be que qui apela
autruy amic, cant es iratz,
ades sembla no vuelha patz,
ni qu'el torn lay don es mogutz;
mas si·l *mals *cors li fos cazutz,
1030 aisi com hom se refreydis

per trops comjatz e car l'es vis
c'autruy sia sos ioys donatz,
e l'emparesses, luns peccatz
nous en pogra venir ni tortz.
1035 mas vos, aisi *cossi fos sortz
e cossi vengues per onrat,
aqui meteys que·l *vis yrat
ni·l trobes despaguat en re,
li fos *castels e so per que
1040 el s'es tengutz de mi servir;
eras, can noy podes noirir
nulh be, per qu'el fos vas ma part,
anatz queren saber et art,
per que·m pagues d'un bel nien;
1045 mas non er fag. per qu'ieu breumen
vos dic e segon dreg d'amor,
e car a luy non fa paor
ni vergonha mos escondirs,
c'ades ses totz autres gandirs
1050 lo deves eslonhar de vos,
e car camiaire non cre fos
ses mantenensa en nulh loc.
 eslonhar! hoc! ans metray foc
a mi mezeissa, ela·l ditz;
1055 non laissarai per aitals ditz
sel que·m fa vieure e valer,
no farai iorn; ni ia poder
non auretz aital cous cuiatz,
qu'eras laissetz, eras prendatz,
1060 aisi co hom fa so que part.
s'ieu trop acomiadat apart
ses colpa vostre cavayer
e l'empari segon mestier,
en dreg d'amor no son tenguda,
1065 ni d'aiso no serai vencuda
que·l don comiat ses son forfait;
e *venh m'en a dreg et a plait

en cal que poder vos vulhatz.
a dreit! e non er escotatz,
1070 dis la dona, nulhs mos prezicx?
e yeu lo·n prenc, et yeu amicx
non cug fos may en dreg tomatz.
e·l iutiamens es autreyatz
per abdoas, si co yeu say,
1075 ad .I. baro pros e veray
de cataluenha, mot cortes;
e s'ieu noy falh, per so nom es
n·uc de mataplan' apelatz.
aiso fo lay que·l temps d'estatz
1080 repairava e la sazos
*dossa, e·l temps fo·s amoros,
on s'espan ram e fuelh e flors;
e car noy par neus ni freidors,
ades n'es l'aura pus dossana.
1085 e·l senher n·uc de mataplana
estet suau en sa mayzo;
e car y ac man ric baro,
ades lay troberatz manian
ab gaug ab ris et ab boban.
1090 per la sala, e say e lay,
per so car mot pus gen n'estay,
ac ioc de taulas e d'escacx
per tapitz e per almatracx
vertz e vermelhs, indis e blaus;
1095 e donas lay foro suaus,
e·l solas mot cortes e gens.
e sal m'aisi *dieus mos parens,
com ieu lai fuy aisela vetz
qu'intret aqui .I. joglaretz
1100 azautz e gens e be vestitz,
e non parec mal issernitz
al perparar denan n·ugo.
aqui cantet manta chanso
e d'autres chauzimens assatz;

1105 e cascus, *can s'en son pagatz,
tornet a son solatz premier;
e el remas ses cossirier,
aisi com coven al sieu par,
e dis: senher n·uc, escotar
1110 vulhatz estas novas queus port.
vostre *ricx *noms que no *vol tort
mas dreg, segon c'a mi es vis,
venc ab tant e nostre päys
a doas donas, que·m trameton
1115 a vos, e lur ioy vos prometon
e lur mezeissas per tostemps;
e car no son ab vos essems
non-convenirs las ne atura.
lo fait e tota l'aventura
1120 qu'entre las doas donas fon
vos ai dig yeu; et tot l'espon
tot mot e mot e planamen;
ni con queron lo iutiamen,
e sobre tot en son falhir,
1125 car lurs noms no vuelh descobrir,
per c'om los pogues apercebre.
e·l senher n·uc, que anc dessebre
no volc si ni autre .I. iorn,
estet .I. pauc ab semblan morn,
1130 no per sofraita de razo,
mas car ades aital baro
volon estar suau e gen;
al revenir estet breumen.
cant .I. pauc se fon acordatz,
1135 e dis: s'ieu soy pros ni prezatz
ni *aitals com tanh a baro,
per las donas que aisi so,
segon que·m par, aperceubudas,
e car lur son razos cregudas
1140 aitals, ses lur vezer m'es grieu.
vos remanretz anueg, e yeu

al bo mati aurai mo sen
e mon acort; per qu'ieu breumen
vos deslieurarai vostr' afar.
1145   aisi fon fait, e si comtar
vos volia·l solas que *tuit
agron ab lo ioglar *anuit,
semblaria vana promessa.
e·l bo mati, aprop la messa,
1150 can lo *solelhs clars resplandis
mosenher n·uc, per so car fis
volc esser, venc en .I. pradet
aital co natura·l tramet,
can lo *pascors ven, *gai ni *bel,
1155 e car noy ac loc pus *novel;
e anc noy volc autre sezilh;
ni ac ab luy paire ni filh
mas me e·l joglaret quei fom.
aisi seguem denan luy com
1160 sezia·m eras denan vos.
mot fo lo temps *clars e ioios,
e l'aura doss', e·l temps seres.
e·l senher n'uc, aisi com es
ricx e cortes, cant volc parlar,
1165 a dig a sos ditz comensar
al ioglaret: *amicx, vos es
vas mi *vengutz, per so car pres
vos es a far vostre *messatie;
mas a mi vensera *coratie
1170 a far .I. aital iutiamen,
per so car en despagamen
venon ades aital afar;
mas non per tal, per so car far
aital castic val entre·ls pros,
1175 vuelh *que·n portes a las razos
que m'avetz dichas, mo semblan.
vos, per so car n'avetz coman,
segon que avetz dig, dizetz

qu'en lemozi, per so car pretz
1180 volc aver, .I. pros *cavayers
*adregs e *francx, pros et *entiers
ad obs d'amar e cabalos,
e car *amors adutz mans pros
e mans enans seluy qu'es fis,
1185 amet una don' e·l päys
auta d'onor e de paratie.
e la dona, *que son coratie
conoc e son fag paratios,
volc li sofrir, per so que·l fos
1190 amicx e servire *totz iorns.
e·l *cavayers, car anc soiorns
no fon ben amar ses iauzir,
volc a son temps son ioy complir
e a *sidons trobar merces;
1195 mas segon c'ay de vos apres,
esquivat li fon malamen.
e ai retengut eyssamen,
com la donzela l'amparet,
ni com la dona l'apelet,
1200 may el no volc a lieys tornar;
per qu'ela·l dis, car anc camiar
volc lo coratie, messongier
ad obs d'amar e cor leugier
e camiador e plen d'enian;
1205 e la dona, que en bayzan
l'a retengut, ditz enemiga,
per so car el era s'amiga
e noirimens e bona *fe·
aprenden s'onor e *so *be
1210 a retengut son cavayer.
la razon, per que mal li·n mier,
segon mon sen, ni que·l demanda,
ay dins el cor; e pueys *l'abranda
tot so per que l'autra·l defen.
1215 per que·n dirai, segon mon sen,

vas cal part esta bona letz.
vos sabetz be, amicx, que dretz
es una cauza mot lials;
mas si be s'es sens naturals
1220 e la melhor cauza del mon,
no·l pot aver en son aon
ses mot auzir e mot proar;
ni *sabers no·s pot acostar
ad home ses mot retener.
1225 e per so yeu, car anc valer
non poc anc res mens *d'aquestz dos,
vuelh vezer tostemps homes pros
et aver ab me, so sapchatz.
et ai n'estat en cort privatz
1230 e de donas mot pus vezis,
per so car sabers m'eriantis;
et en razos soi entendutz,
e *es m'en ja mans bes vengutz,
et enquer n'esper atretans.
1235 e sel que dis que fis amans
non deu seguir mas voluntatz,
aisi dic que es *forsenatz
per que·n diray so que·n retrays
raimons *vidals que aisi es:
1240 »vers es c'aman pot hom far nessies
e mant assay fol e fat e leugier,
mas yeu no vey c'a nulh autre mestier
valha tan *chauzimens
sol c'om no·s vir vas falsa volontat;
1245 e sel que dis que puesca res valer
mays *cors d'amor e veray' *amistatz
*cors *trichadors e *trobatz en blandirs.«
val pauc se sa a totz *uzaties mals
senes saber; ab so coraties
1250 adutz als sieus mans *encombriers.
per qu'ieu vos dic qu'en totz mestiers
se tanh saber et art et us,

mas engalmen; et engal pus
non pot hom triar ses saber.
1255 sabetz, per c'an perdut poder
mant aymador en domneyar?
per so car no sabon amar
ni als aver mas voluntat;
e perdon so c'auran selat
1260 .VII. ans, en .I. iorn o en dos.
e·l *cavayers *adregz e pros,
que tan servi ses gazardo,
et ab tot aiso non li fo
sufert mas esquivat mot fort,
1265 non deu aver nulh son acort
ni son cor doptos al tornar,
e deu aisela mot amar
que l'emparet en aital loc.
e la dona, sela que·l moc
1270 aital pantais ses autr'esgart,
non ac ies saber a sa part,
per que·l notz per qu'eras s'en dol.
volrian dir mant home fol
e donas peguas que si ac,
1275 mas per assay volc son cor flac
*o ferm saber enqueras mays;
non es sabers aitals assays
mas folia — sai entre nos —.
sabers es c'om sia ginhos,
1280 segon que·s tanh a cascun fag,
ses malmenar e ses agag,
segon que·l fag meteys promet;
may cant hom mays ni mens y met,
ven a dan, e non es sabers.
1285 falhic la dona, so es vers,
que·l cavayer acomiadet
aisi vilmen c'anc no·y gardet
sen ni saber, per obs que·l fos;
mas no·l forfetz, per que·l perdos

1290 noy aia loc, segon l'esgart.
— *perdos es so c'om per lunh' art
non pot adobar mas falhitz —
si com dis en *gauselms faizitz,
us trobaire pros e cortes:
1295 »pero qui totz sels agues
mortz c'an mespres,
e noy fos capdels *ni guitz
perdos, mans n'agr'om delitz.«
amors non es capdels ni guitz,
1300 mas als savis on troba par,
sap ien son ioy aparelhar,
e no·l play c'om *s'ane volven;
per so car tug siey mandamen
son *voluntatz, e qui la cre,
1305 non pot aver lieys ni son be
ses malmenar e ses falhir.
saber, genh e sen fa delir
sos leugiers faitz *perden ses *tortz;
per *c'amicx trop *esquieus ni *fortz
1310 ni *fols noy pot aver mas mal.
*amic son home cominal,
per que *s'en *van en bon captenh
adreg e franc e conoissen,
ses leugier cor e perdonan.
1315 autr' ome son pec e truan
mol o dur, e no son amic.
amors non a sen ni castic
ni als en se mas can voler;
pèr que siey fag e siey poder
1320 son tug leugier e pec e fort
als savis, per so car an mort
venals plus fort sos reteners;
aisi com dis us amicx vers,
en *miravalhs, cuy plac domneis:
1325 »en amors a mantas leys,
e de mantas partz aduy

tortz e guerras e *plaideis;
leu reman e leu defuy
et *leu's pay' e leu s'irays;
1330 soven sospira de prion,
e mant enueg blan e rescon.«
aisi ven amors de prion,
et aisi pren son ioy aman
amicx blanden e perdonan,
1335 e aisi deu tostemps servir;
per so car *amors ses blandir
ni ses merce no pot durar;
ni es amicx, pus galiar
vol, pus *anar pot e venir.
1340 amors falsa non pot hom dir
sitot so an dig mant amic;
per so car en fals ab cor tric,
vil ni camian non es amors.
amors, segon qu'ieu trop alhors
1345 e en mi meteys, non es als
mas ferms volers en oms lials,
ni vers *amicx ses bo voler.
perqueus o dic.? per so car ver
no sai ni puesc en ver proar
1350 que la dona volgues peccar
ab son amic mas sol en dig,
e a vos aug son escondig
comtar, e say *c'amors non es
mas *ferms *volers per hom cortes,
1355 ni vers amicx ses ben amar;
per qu'ieu vos dic que perdonar
fay a la dona son falhir
segon amors, pus penedir
vol sos braus ditz ni emendar,
1360 e maiormen car anc camiar
no volc alhors son cossirier. —
a l'autra dic, que·l cavayer
emparet aisi belamen,

non l'es blasmes, per so car gen
1365 si es menada tro aisi;
e membre·l c'anc per bona fi
no venc mas *bes ni fara ia;
et enquer may li membrara,
si bona via vol seguir,
1370 so qu'en *bertrans dis al partir
de lay on fo gent aculhitz:
»e sel que mante faizitz
per honor de si meteys,
en fa bos acordamens
1375 ab *sols los afizamens.«
car sofracha sembla de sens
a dona que pren autr' amic;
per que·l prec e·l cosselh e·l dic
absolva·l cavayer ades;
1380 e s'el aisi co hom engres
s'esta de sidons a tornar,
ieu dic per dreg c'acomiadar
lo deu sela que l'amparet,
per so car anc bos no semblet
1385 vas amor *amicx ses merce
ni vans; ni·m par bona, so cre,
a son fag sela que·l vol far
vas sidons son amic peccar
ni, pus *fai, emenda li te.
1390   aisi·m parti; e, per ma fe,
anc no vi pus cortes ioglar,
ni que mielhs saupes acabar
son messatie cortezamen.
estiers ai auzit veramen
1395 que·l *iutiamens fon atendutz
ses tot contrast; per que mans drutz
n'es tan pus sufrens vas amors.

Varianten.

Vorbemerkung. Nicht auf handschriftlicher Überlieferung beruhende Formen sind im Text durch * ausgezeichnet. In den Varianten tragen ganze Verse vorn ein =.

1 En aquel temps *R.* 3 Cuendes e dauınen *R.* 4 En lemozı part *R.* 6 ben apres *R.* 7 E en. rıcx *R.* 8 E car ades son nom *R.* 9 me faı *N.* 10 car ıes en la *R.* 11 Non era dels *R.* 12 son nom *R.* 14 Car el non era ıes so *R.* 15 Car seıgners dun *N.* Senhor *R.* 16 noble cor quen mans se met *R.* 17 De bas cor *N.* 17 18 = De rıc loc *loc e de bas azaut *R.* 20 = Que may puget e quen dızetz *R.* 21 = Per gen tener per cortezıa *R.* 23 *fehlt R.* 24 *fehlt R.* 25 baron *R.* 26 Vaıs quıl sera e *N.* 27 Menet ab sı et *R.* 28 Tant ac *R.* 29 cauallıer. pro e bon *N.* cauayer. rıc e bo *R.* 30 baron *N.* 31 A cuı *N.* 33 ab sı *R.* 34 quen aquel temps *R.* 37 = Rıca de cor e de lınhatıe *R.* 39 E dauer *R.* 40 cauallıer *N.* cauayer *R.* 41 ama *N.* 44 vol *N.* Noy esgardet anc sa *R.* 46 de uentadorn *R.* 47 Camor *N.* Amor *R.* 48 E nous pessetz uos doncx *R.* 49 Que cant se tenc per *R.* 50 Que no fos pus *R.* 51 pus pros *R.* 53 Pus larcx e pus *R.* 54 amor *R.* 55 = E donals bos metedors *R.* 56 cuı trova *N.* en que treua *R.* 57 uals *N.* Nı a ualor nı *R.* 59 L *beginnt*[1]). drutz recrefzentz *L.* recrezens *R.* 60 tal qe lı *N.* = Tal que ıa non aus aparer *R.* 62 qaldrutz deı *L.* don amar *R.* 65 H ardıtz *L.* 67 Aıssı *N.* sıeu *R.* 69 Quen aıssıl *R.* 71 galhart *R.* 72 ualor ıcenrıa (*sic*) *N.* Mas lay on ualor *R.* 73 paratıe *R.* 74 paubre cor *L.* auol cors *R.* 75 fag *N.* faıch *L.* faıtz daut bas baros *R.* 77 Qen parage *N.* 78 M aıs plus enha cels *L.* Mas quen a maıs sel *R.* 79 E podetz conoısser ques *R.

---

[1]) Alle als Korrekturen einer späteren Hand in *L* erkennbaren Worte, meist auf Rasuren nachgeschrieben, sind in ( ) eingeschlossen; und so überhaupt alle bemerkbaren Spuren dieser zweiten Hand.

80 caualier *N.* cauayer *R.* 81 rich cor *L.* = A qui ioi tanh e cortezia *R.* 82 qesi donç *N.* Q ar uit *L.* 84 enāchar *L.* Volc tant enantir sa *R.* 86 no ftet ges en luec *L.* nos tenc pas a ley *R.* 87 V estutz ni past *L.* = Vestitz pascutz a un depart *R.* 89 fefz afos *L.* 91 A icel qim *L.* mescout *R.* 92 = Per mi dons ay lo cor estout *R.* 93 = Que a ley lay humil e baut *R.* 94 lei ne fos *N.* = E sa lieys no uengues dazaut *R.* 95 *fehlt R.* 96 Qe dals *L.* = Ia no pensera dal re mout *R.* 97 = Mas mangeten gram caut *N.* Mas que mangere tengrāz *R.* 98 = Et agra nom en raymbaut *R.* 100 caualier *N.* chaualer *L.* cauaier *R.* 102 que uai deman *N.* Ad aquels quen uan *R.* 103 *faſt unleserlich N.* Volc lin sofrir tot son *R.* 104 noill endones *L.* = Per tal com pus bas no lin des *R.* 105 grieu es *N.* 106 drutz *L.* = Ca la condrut om nuil deui *N.* = Hom cal que drut no lin deui *R.* 107 nom uoleç *N.* creire ami *L.* 108 enmirauals *N.* demiraual *L.* 109 sap. *N.* Que saup may *R.* 110 hom de cauzissetz parlar *R.* 112 Tals cauayers *R.* 113 de malparladors *L.* de mals *R.* 114 non oposca *N.* Com non lan puesc *R.* *Hinter* 114 Ni de neguna re blasmar *L.* 115 Da co. preç non taīg *N.* = De so cad onrat satanh *R.* *Hinter* 115 Qa bona doña amor fataīg *L.* 116 Que pus *R.* 117 = Nulhs hom nom pot recrezen *R.* 119 Aisi par *R.* 120 A ls malparlers *L.* Ab mal parlier *R.* 121 En aisol *N.* E d iſſi lo tenc *L.* 122 La domna caualiers *N.* 123 e li sofric *R.* 124 Sos demans e quel la *R.* 125 qe la idonet *L.* Et en esdemieg que *R.* 128 Q ha fi ferui el *L.* cauayer *R.* 129 car era costumier *R.* 130 Si dons uezer en *R.* 131 qella i faub *L.* pensatz quel saubes faire *R.* 132 Tot so ca bon solatz *R.* 133 cuig queil *N.* non cre *R.* 134 mielh *R.* nose chaptenc *N.* 135 caualier *N.* cauaier desse que *R.* 136 Iosta lui *R.* 137 ca plazer *R.* 139 Car sel *R.* 140 sobramar *L.* 142 = Cassi dons deu far la comensansa *R.* 144 faich *L.* Que el a fag *R.* 145 car tostemps li deu grazir *R.* 146 = Lonor el be que en luy es *R.* 147 Que ben *N.* 148 auēgutz *L.* 149 drutz *L.* tengues a ley de drut *R.* 151 N o cuges qe zhagueſ *L.* Non cugera agues *R.* 153 merce i fia *L.* cals lo dis *R.* 154 E qe nolo i tō ne anuill *L.* Que no so tenha a lunh *R.* 155 Camor len force enon *N.*

Camar. non re al *R.* 156 totzor *L.* = E car tostemps a auzit dir *R.* 157 martir *R.* 158 C ōl lōc atendre *L.* 159 nō refpos. confort *L.* 160 açirament *N.* iradamen *L.* maluaizamens *R.* . 161 faise li malament *N.* fai cela malamen *L.* dis ela *R.* 162 lonor *L.* faita *N.* 163 = Car aital ancta maueç traita *N.* 164 camius *N.* Nieus pessassetz cab mieus *R.* 165 Noy auia *R.* 168 Car. laissat man ric *R.* 169 bernart *L.* = Quen b. dis lo fin amic *R.* 170 No dis *N.* O dif ben per uer qieu *L.* = Ueraiamens que yeu o say *R.* 171 Totç mi *N.* deconosc *R.* 172 saubia *L.* = E si sabiatz en queus o pren *R.* 174 uos es *R.* 175 com uolgues *R.* 176 mos solatç *N.* 178 Domna queus dein absi *N.* fe os *L.* Dona cab sieus denha *R.* 179 Cami nom *N.* 181 A itan *L.* 182 Cais als *N.* dones solatz *R.* 183 caualier reman *N.* cauayer *R.* 184 = Pessieus e tenc son cap uas terra *R.* . 185 = Ques per amor en manta guerra *R.* 186 Amaint pessamenç *N.* .187 paret *N.* E penet se car *R.* 188 A si dons *R.* 189 maudi *N.* maldis sel que a nulh *R.*
(tot)
190 .qar *L.* 196 Nepça *N.* Niefza al feignher *L.* Nepta del senhor. 197 cor *N.* 198 .XV. ans *R.* 199 *fehlt N.* 200 E cognōc las *L.* E ap *R.* 201 Car *R.* 203 pesses *N* pēssa *L.* E conoc be canc noy *R.* 204 bons *N.* 205 po caisons *N.* Ues el *R.* 206 caualier *N.* = E per semblan dauer solatz *R.* 207 D es qil lauit *L.* uolontier *N.* = El cauayer fon ensenhatz *R.* 208 fi *N.* oftatge *L.* 210 es pros ni bela *R.* 212 Nouas *R.* 213 = Li dis tan entro quel aduy *R.* 215 caualier *N.* = Et el li dis per dieu amia *R.* 216 Q ant oconofch de uos *L.* Car conosc que de uos *R.* 217 qar mfcemblafz *L.* paretz *R.* 218 noftaīg *L.* tals que noy a maluestat *R.* 219 dirai en fia *L.* selat *R.* 220 doña commes *N.* 221 J eu aug *L.* Car sai que *R.* 223 linhatie *R.* 224 qe cuiges *L.* quieu *R.* 225 N on lamei e fi anc *L.* e siam *R.* 226 (V)olffitz. doña mor zorns *L.* = Anc uostra dona mori .I. iorns *R.* 227 amor *N.* 228 = Que fai en tant aut loc amar *R.* 229 = La fes tant en mon cors membrar *R.* 230 loil *N.* 231 miuolc *L.* = E pus mac fag en lieis chauzir *R.* 232 = A heys seruir non gardei re *R.* 233 Ni nueg ni iorn ni mal *R.* 234 tortz. qal qe iplages *L.* = Ni dans ni pros ni pauc ni res *R.* 235 membret me qalqhō difzes *L.* 236 fos arnalt demiroil *N.*

narnaut demeruell *L.* narn. de *R.* 237 fab qaicel de nantuell *L.* natoil *N.* = Que saup. mai damor que nantuelh *R.* 238 ne dautre *L.* Ni nulh autre al mieu *R.* 241 E lays mo *R.* 242 amors *R.* 244 E ar *R.* 247 Qen. enfol qet *N.* dich en folqet *L.* en folquet *R.* 248 = G es pechat amors cho fabefz uos *L.* amor *N.* = Per peccat amors so sabetz uos *R.* 249 = Si mauciçes q̄u uais noma ire *N.* nom ire *L.* [a] 250 Car *R.* seruir *N. R.* 251 E *L.* sos amicx empert *N.* 252 = J eus hai feruit ez qar nom enuire *L.* 253 = Car sabeç qen gue rer don entē *N.* fabefz qel gierdō *L.* E car *R.* 254 scruirs *L.* seruiz *R.* 255 non *R.* 257. A ffatz comtatz *L.* Trop me parlatz de *R.* 258 = Vais qe decor senblatç zauç (*sic*) *N.* = Vas que de ric cor semblan autz *R.* 259 E auzis quen *R.* 260 fab *L.* Que saup mai damor *R.* 261 com iā *N.* 262 = Aitals blanç *N.* fehlt *L.* = Aital bobans *R.* 263 ame e no *R.* 265 motz *L.* = Al premier deman dis doc *R.* 266 Per cho cutzafs *L.* Cuiatz que per sous torn *R.* 267 datz *fehlt R.* 268 fandifter *L.* Ni. leydier *R.* 269 nē aufziz *L.* comdar *N.* 270 saup *N.* Sel que obra damor *R.* 271 un mot non *N.* un no *L.* .I. dig *R.* 274 Voleç len *N.* Volefz en *L.* 275 O mon eu hoc mout *N.* 276 = Amicx dis locauahers *N.* Donzela dis *R.* 277 prec uos qen men *N.* qe macoffeillez *L.* 278 Aras *R.* 280 = Q auzi a guillem ademar *L.* = Cauetz den g. adzemar *R.* athemar *N.* 281 = M aigtas uefz dif enmaitz luochs *L.* mant locx *N.* Auzida dir et en *R.* 282 canudir *L.* Bem fara *R.* 283 abanfz *L.* 284 za mdis hō *L.* Car ia · aug dir quem. brotan *R.* 286 ioues *N.* chanudir *L.* 287 chanutz. qotir *L.* quant coçir *N.* 288 Que bon *N.* Car *R.* malauftres *L.* 289 = E uuelh queus membre eyssamens *R.* 290 = Aquesta entre nos dos ams *R.* 291 Cuiatz uos caisso *R.* qe cho *L.* sia afanç *N.* 292 quieu *R.* 293 rancurays merces *R.* 294 = Sibe mpassa l dirs lo garans *L.* [b] bes parals *N.* dreitz lo gazanh *R.* [c] 296 uolgria Ella chzaufis *L.* uolgra que las *R.* 298 = Car tan es cuend e ben estans *R.* 299 mazer *L.* maior *R.* 300 delp̄z cairia *L.* non sosten *N.* 301 = E. sera grieu fis cors uas dos laç *N.* grieu fi un cor *L.* E pueys er greu .I. fis cors *R.* 303 donzelal respon *R.* 304 lofemher *L.* 305 dolor es domna *N. R.* qui *N.* 306 A midonfz *L.* De mı dons *R.* 307 = No uon cal quıeu uon serai bona *R.* 308 = M aıs es de meıg zor o dora nona *L.* ıorn odora nona *N.* 309 Es *fehlt R.* 310 N o olaıffafz˙qal bel *L.* ben maıtı *N.* E non mudetz cal bo *R.* 311 nı caut *N.* nel.chault *L.* = Ans quel caut nıl solelh sespauda *R.*˙ 312 tornafz *L.* tornes en *R.* 315 E car *R.* noıl uengest en saçon *N.* 316 non *N.* 317 deu fe meıllurar *L.* çoncuıt *N.* = E melhurar uos a so cug *R.* 319 Nous ne dırıau sım *R.* nınes ueıl *N.* 320 gıraut *N.* gr. de *R.* 322 Selan e *R.* 323 Vıra *R.* ıauçıa *N.* zaufzıre *L.* 329 = Sem fos uegaz *L.* Sı fos *R.* 330 Mas *R.* feınfım *L.* 332 = Car fuy trop tardan *R.* 333 Puıns e pres *L.* Pres e poıs *R.* 334 Et yeu *R.* 335 Maıor forç *N.* Maıor dan *R.* 336 suı *N.* 337 = E foıⁿ (enfreıdatz) *L.* *fehlt N. R.* 340 *fehlt R.* 341 Sānoū *L.* *fehlt R.* 342 Car sels *R.* 343 Que mıelh *R.* 344 que çaues *N.* = E pus cauetz sufert tan *R.* 345 per u fol fer *L.* 347 cuı dıe' am par *L.* que dıeu ampar *R.* 348 *fehlt N.* 349 Caıs cossı dals anes *R.* 350 Cassa dona non dısses *R.* 352 E ela *R.*˙ cella quem pres *N.* 353 Com sela quera trop *R.* 354 Leuet. lassens *R.* fer ne lals dentz *L.* 355 lın fefz *L.* ne fe *R.* 356 faıssella *N.* faı cela *L.* dıs ela *R.* 357 Vıl. *N. R.* sen estaı en pauza *R.* 358 = Com auzas parlar daıtal cauza *R.* 359 Non ocoprases *N.* = Que non la compresses deuet *R.* 362 dıs que mala fon fenıda *R.* 363 Canc sa dona *R.* 364 trol bo *R.* 366 caualıer *N.* chaualer *L.* cauayer *R.* 370 E no *R.* lı chal *L.* 371 Cal premıer mot auzı *R.* 372 tot qanc com *N.* pertotz *L.* hom au nı ue *R.* 373 El no parlera may *R.* 374 totz *L.* 375 qua pena *N.* 377 Maıs. āch qe fof *L.* amor non sabes anc *N.* 378 Mas eu *N.* cortes deuos *L.* 379 maıer *N.* = Qal mazer bruı u calaraı marācura *L.* 381 = Ab sol que denan mıeus ostes *R.* 382 Dıs la dona e quen *R.* 383 uostra fars *N.* 387 Car *N.* = Can abdos foron aıustatz *R.* 388 que çat *N.* qıhac *L.* = Car sel que sòs. cors fon ıratz *R.* 389 ab sı dons nol ual seruır *R.* 390 lonc *L. R.* blaudır *R.* 391 = Nı anc. I. ıorn nom ualc merces *R.* 392 malmnes *L.* 393 aten euēgrā *L.* pıeıtz aten e pıeıtz aren *R.* 394 Car bon *N.* ab mı dons maten *R.* 395 Nı *R.* maıs ıprec *N.* ıeu *fehlt L.* 397 = E auols dıtz e peıors faıtz *R.* 398 E r foıuengutz a mal *L.* Car son. als mals ret ... *R.* 399

bernard *L*. Quen B. de *R*. 400 Que fon tan ues *R*. uais
amor *N*. 401 Ca mans na fagz mans *R*. 402 amidonç *N*.
nom uol ualer *R*. 403 Precx ni merce *R*. 405 Qql mam
zamais nol o *L*. iamais non lol *N*. 406 = Mort ma e per
mort mi recre *R*. 407 = Aisim parc de lieys em rescon *R*.
409 Faizitz et issilhs *R*. 413 de uostra .... *R*. 414 E
uos faitz y *R*. 416 Amicx segur ab cor e *R*. 420 uenretz
en *R*. 421 Conom recre çut *N*. 422 dussel *N*. duxel *L*.
o p... *R*. 423 *zerstört R*. 424 ⊨ T an qan fai cho qe
deues hom pros *L*. 425 tant lial *N*. tan leials cō *L*. 426 Per
çous *N*. dic que ieu lauziey aman *R*. 427 diçuertadier el
faig *N*. uertader *L*. = Mentre eral ditz uertadier e bos *R*. 428
... per *R*. 429 S itot era nous tenc· *L*. 431 pretz per
so quen ... passat *R*. 432 Aiso fon dig *R*. dir *N*. 433
(d)
Can sap *R*. faich auinen *L*. 434 (E) A nzatz qen diff *L*.
E auiatz quen dis *R*. 435 Raimon uidal *N*. Raīmo beu-
fadu *L*. R. uidal *R*. 436 tolre flac cor et *R*. enfrum *N*.
enfril(?) *L*. 438 maitins efers *N*. maras e fers *L*. mati e
sers *R*. 439 quis pros ni gens *R*. 440 faig auinenç *N*.
faich auinentz *L*. 442 = Egal demanç *N*. = Ezaldemantz *L*.
443 amors *N*. 444 Si tot perdon *R*. maint bos *L*. 446
fis efranchs *L*. = Am cascus francx et fis e ben apres *R*. 447
noni fail *N*. noill en faill *L*. 448 O domna tal *N*. O tal
dona don sera ben *R*. 450 A un iornç· *N*. De. maluat *R*.
451 E sin perdeç *N*. = Saisi perdetz don auinen *R*. 452
= Uon remanra pretz e ualor *R*. 453 sapchatç que bon *N*.
chauzidor *R*. 454 No falh dona *R*. 455 Per qe *L*. E
uos deuetz *R*. 456 cels que uai *N*. · 457 E *L*. 458
Que mirauals *N*. Q enmirauals *L*. Quen miraualh *R*. 459 Sel
c
que *R*. ioy *L R*. 460 po sos bel diç *N*. Ni *R*. dich *L*.
461 tal domnal faça *N*. 462 li sial.dans *R*. 466 = Siuals*
en loc gentil *R*. 467 *N* ofpodon *L*. = Ges hom non pot
portar a fil *R*. · 469 Ni *R*. 472 ualor *R*. 473 Per
cautre *N*. = E si auetz perdut alhor *R*. 474 = Uos podetz
ben leu recobrar. Ab sol que sapchatz demandar. Autra dona
mas aisieus falh *R*. 475 Aisi pensa el met *R*. 476 El
fa *R*. 477 A iffi *L*. = Assi seruir sil pot auer *R*. 478
(··)
car del *R*. lenparec *L*. 479 Anc no saup mot tro *R*. mem-
brec *L*. 480 peire *N L*. brei munt *N*. braimon *L*. = Que

dıs en p. bremon lautrıer *R.* **481** doña qe *L.* dona can *R.*
483 Cant *R.* franchx *L.* **484** darmas nı ser *R.* e larc con-
duchıer *N.* **485** mes. pus sobrıer *R.* **486** del uetadorḡ *N.*
bernard de uentadorn *L.* mes B. de *R.* **488** E flac ardıt *N.*
ueramen *R.* **489** ab doña *L.* ardımen *R.* **490** emal-
uefzıs *L.* **491** Car sı rıcx cors *R.* cor *L.* no lenfortıs *N.*
493 Aısı lo *R.* la deftreınf *L.* **494** Q el fe. uolgrıa *L.* El
fa *R.* **495** A son seruır sa *R.* **496** A lıal *N.* a b cor
lezal fı *L.* fı pauc e moys *R.* **497** caualıer *N.* chaualer *L.*
cauayer *R.* **498** ses tratz *R.* **499** E a lı dıg que *R.*
500 eftre fıe' tā cō *L.* Sera sıeus aıtan can *R.* **501** = E que
ıa nol obhdara *R.* **502** sazo *R.* en qe la ol rete *L.* **503**
fo faıta a *N.* **504** Lamor e lamıstat *R.* **505** Quel lı ser-
uıs *R.* **506** Leıal doña *N.* **507** un baıs *L.* **509**
= E lun del autre que duysses *R.* **510** De la truı *N.* De
(e)
lautruı *L.* En est mıeg manıas *R.* **511** caualıer *N.* chaualer
(··)
L. cauayer *R.* ısnels *N L.* **512** amors adreıch *L.* amor
alegre bautz *R.* **513** guerra *N.* **514** ualor *N.* **515**
Eran feç *N.* A renfefz *L.* Ar o fetz *R.* **516** Det e seruı *R.*
517 aqella *L.* E membram be que sela *R.* **518** donçellas
ses *N.* La donzela ses tot *R.* **519** anç el cap *N.* Ac lo ma-
rıt dıns cap dun *R.* **520** Vn dolç *N.* Vns *L.* autz baros *R.*
521 Maı sı anc bona dona *R.* **522** ab bos faıtz aco fon *R.*
523 Que *R.* ual *N.* **524** meıllors *L.* E. melhor del paıs *R.*
525 A conoguda *R.* **526** caualıer *N.* E uenc. chaualer *L.*
(*)
= El cauayer que la seruı *R.* **527** = E la dona que lobezı *R.*
(ef)
528 com abduy san *R.* **529** Molt tengron tuıtz *L.* lo te-
non *R.* **530** Los faıch *L.* = Lur fag donas e cauaıer *R.*
531 dızon que anc tan *R.* **532** Nol uıron. benanan *R.* **533**
nol sap *N.* **534** fazıan *R.* **536** Al cauayer desse *R.*
538 mandel qe uengres uas *L.* mandet lo uenır ab sey *R.* **541**
cauayer *R.* **542** = May per amor gen ensenhatz *R.* **543**
ıorns *N.* **545** = Et ela que lacompanhet *R.* **546** (u) fap *L.*
547 blasmaıl *N.* **548** A estat de lıeys *R.* **551** = Car
anc dona tan greu comıat *R.* **552** A son amıc maıs non *R.*
553 = Car tan lag lacomıadet *R.* **554** = Uas quel lera fıs
e bos *R.* **555** gırardon *N.* gırau(det lo ros) *L.* auzıs den
gr. lo *R.* **556** dıs fe(gon qamı par) *L.* Dıs ela nı faretz *R.*

5

557 Q ıll dıs *L. fehlt R.* 558 (qel donec famıa) *L.* = Al comıat quel det samıa *R.* 559 feraı fınonqa us plafzıa *L.* nocoplasıa *N.* = Uostre soy ıeu sı ıa nous plazıa *R.* 560 ma enganat *N.* 561 crefza mals *L.* 562 = Car sıls crezes mortz fora recrezens *R.* 563 ıoı amıc *N.* 564 E fıs can de mıen *R.* 565 vos afort *R.* 566 Auetz uos tengut *R.* 567 C ho qanc no dıs *L.* quıeu uos dıs *R.* 568 Non per tal que *R.* que nos *N.* qıeu nous *L.* 570 enganfz *L.* = Lıals amıcx ses tot enıan *R* 571 mıralials ıdıs *N.* aıtanfz *L.* Quèn mıraual. antan *R.* 572 Aıso e degraus be *R.* 573 cuıam *N.* = Aıselas que uolon proar *R.* 574[1]) respo *N.* respon .... ors *p.* 575 ques flors *N.* 576 amıcs *N.* quıs .... ey *p.* 579 qan fon loıgnat *L.* loınhatz lor *p.* lonhat *R.* 582 que cala cortes *R.* 583 On sort *p.* fols bobantz *L.* 584 Q ıeu *L.* E ıeu auıaus ben *R.* 585 edreıturıer *N.* e uertadıers *R.* 586 fol faıç nı *N.* E fi (ʃıu) fof *L.* sıeu fos fals nı mesçongıers *p.* = E sıeu fos fals e messongıers *R.* 587 Ben mı *N.* Ben me *L.* Be men. proat *R.* 588 E que *p.* E ıal fals cors *R.* 589 No maguessatz *p.* = Nom degratz enquer auer dıt *R.* 590 Ans men *R.* 591 que mestegues *p.* so quıeu uos estes pus *R.* 592 Auıatz com dıs *R.* us cathalas *p.* 593 Q(ue) *p.* Mas no *R.* faubrıa fos nō *L.* 594 nom qer eu *N.* (qero servır) *L.* dezır *p.* 595 uos uoılla prechar *N.* (qera) pregar *L.* = Per me no sı denhe preıar *R.* 596 o denprestar *NL.* = De cauayer degra pensar *R.* 597 = Peron se pogues empeguır *R.* 598 queıro el sepedır *N.* lo sıeu pedır *L.* = Ia non queron lo sıeu prendır *R.* 599 de parlar *NL. fehlt R.* 601 Per *LR.* meıllurar *NL.* melhurar *R.* Por su vassallo *p.* 602 Nom deurıa tan *p.* = E nom degratz tan esquıuar *R.* 603 N.... a.... *p.* = Nı esser tan braual deman *R.* 604 et es quıuan *N.* M.... *p.* = Maıs prometen et alongan *R.* 605 ço que bons *N.* (S).... *p.* E conuenır so que no *R.* 606 E.... era mays aıtals *p.* 607 lo meo senblan *N.* ....l lo mıey sembl.... *p.* 608 Qu(en) Mıravals o dıx a(u).... *p.* = Quen mıraual o dıs antań *R.* 609 Per loınhar vıls dıtz *p.* = Als maluaıtz dıtz et embroncx *R.* 610 colp *R.* 611 Nom part *p.* nı des amans *L.* = Nos tanh

---

[1]) Hier beginnt *p*. In der Handschrift nicht deutlich erkennbare Buchstaben sind in ( ) eingeschlossen.

damor ni de solas *R*. 612 ditz avinentz *p*. = Cab bels ditz couinens e guays plas *R*. 614 trop tensos braus *R*. 615 es son·pretz *p*. ni bos *N*. Non estan son pretz car *R*. 616 nolenreprenda *L*. Com dalques *p*. = Que alcus non la reprenda *R*. 617 = E yeu fera[lo]ng atenda *p*. = Et yeu que fera long atenda *R*. 618 mestier *N*. mefter *L*. 619 = Mas per uos qui(m) . . . . os *p*. 620 fort . . . . ad *p*. tan lag *R*. 622 mourai den (*sic*) *N*. nom partray *p*. nol partrai per ren *R*. 623 hey vau *p*. heys uau *R*. 624 = E b . . . . ley suy per totz mays *p*. 626 Aital que can *p*. Ues tal *R*. 627 es fosca *p*. Ar conosc yeu camors *R*. 628 Dis la don e mal e *R*. La dompnal ditz e *p*. 629 faita tal falsa *N*. Com. aytal falsa *p*. Que uos maiatz *R*. 630 Quieus *R*. fach ric e benan *p*. ben estan *L*. = Queu furio eben enan *N*. 631 E qar *L*. leugiey *p*. 634 So que *R*. un *Lp*. franceis *L*. (¹) 635 Cosseilhatz *p*. mi *pR*. 636 ioy *LR*. jueg *p*. 637 Auqel *L*. A quel dieus m(i) *p*. Ab *R*. 639 Per seluy *R*. cui zaor *L*. 640 gran *L*. martire tray *R*. 641 = Mas un autra peior *p*. = Mas un autran preiarai *R*. 642 *fehlt p*. 643 Quem ha donea *p*. me donet *R*. 644 pene ses esglay *R*. 645 Lofengers *L*. = Lauzengier trichador *R*. 646 Vouldreyent que de *p*. = Uolrian que com lor *R*. 647 = Fos fals mas no serai *R*. 648 Car fa celi *L*. *fehlt R*. 649· 650 *fehlen R*. 651 En celuy *p*. = Cab seluy me tenray *R*. 652 (fui) *L*. = Quem fe chauzir amor *R*. 653 E . . . . *p*. = Penrai a gran honor *R*. 654 *zerstört p*. Son *R*. 655 *zerstört p*. 656 E de lvna *L*. = ... dru(tz) par . . . . que no vos *p*. = Dis la dona que non pas uos *R*. 657 = Q . . . . os *p*. Ans lanetz *R*. 658 Q(ui vos) voletz eras . . . . (r)atz *p*. = Cades prendetz ades laissatz *R*. 659 M(a) . . . . (o)ssatz tan *p*. 660 tan uaffal *L*. 661 miraual *L*. 662 Degratz entendren luy *R*. 664 En dreg damor drut *R*. 665 = Quer sezet ioi sestrais *N*. Qui yer *p*. 667 selar la *R*. 668 pros euls enbria *N*. Sos pros enans els *R*. 669 sidonç eplaing *N*. Ans quels *R*. Ab aquels tortz. aplainh *p*. 670 ten *N*. = Amors za bon compaig *L*. = Aquel es damor companh *pR*. 671 cauaher *N*. chaualer *L*. cauayer *R*. E . . . . l . . . . s qui nos complainh *p*. 672 Ni nos partra *R*. Ni . . . . bon amor *p*. 673 Ab diç *N*. = A dit de be sort . . . . (h)or *p*. = Al dig per fort bon trobador *R*. 674 Auetz trobat *R*. 675 mentreu fui *N*. men-

5*

trem p. Canc mentreus R. 676 non uol gueç N. = Canc nom volgues vos jorn amar p. = Aital uos nom uolgues amar. 677 no(n) vueilh ab vos p. Per quieu ab uos no uuelh R. 678 Ans R. 680 E franch p. 681 Pus mi dons ma en R. 683 Ia dieu R. die' L. 684 Si ia R. per autra li men L. 686 Damor ni R. 687 zois L. 688 vueilh e ab p. 689 remanetz. frainh p. 690 ia no uon trairay R. 692 le almenç N. A servir si donz p. 693 turmenç N[1]). Que la p. = Que la gitat de mal turmen R. 695 E la dompna cuy sço p. dona ab cuy ensemps R. 696 = Son remas enuetz e pezars R. 697 Vas celuy p. 699 A trames R. 700 Que la fes R. . 701 E sanc solas R. 703 Entrelas fo R. 705 floris un espiga R. 706 ioys de R. 711 cors p. 712 segon caug dir R. 714 Sabi p. 716 sobrel p. segon quenten R. 717 May R. 719 Aiso R. 721 car yeu sol nom R. 728 A p. 729 car dompna dos non p. car ies Tobler] cades R. 732 Ni se pot tan gen R. 737 = E com en Miravals lo fis dis p. en miraualh R. 741 Ades esgardon la R. 742 qui p. 743 Per sço p. 744 So que satanh R. 747 E donon fort malvat p. 748 A donas p. 749 On mort dompney p. 751 Camors p. amor nes a R. 754 Uos trobares R. 757 son Tobler] sen R. *sehr zerstört* p. 758 camias R. 761 lo R. E sel qui pod sen mal p. 762 bauzamenz p. 763 *fehlt* R. renda] prenda? Tobler. 764 Els. fis entendens R. 765 enians vas fin R. 766 autres mou R. la flors p. 768 volgui R. 769 seglaisi cos R. 770 E dona cuy ioy R. 771 ualor R. loinhada p. 773 cauayer a R. 774 *endigt* p. 778 cauayer. 797 miraual. 802 beutatz. 815 camor. mielh. 817 cors. 825 tanh. 826 So. tot fadenc. 827 brunenc. 832 passatie. 842 Reuelatz. 850 uil. 866 duptes. 867 parlar. 872 folquet. 874 sufren. 877 Ueniar. 879 dieu. 884 fo] fui? Tobler. 909 met. 912 tot retenh. 913 geñh. 918 autre. 921 ars. 930 co fay. 944 gays. 945 arditz. totz assays. 946 faitz. 961 amicx. 971 Amor. 980 Ieu no fi. 984 pes Tobler] pres. 992 uostra. 997 Mortz. 1001 Sama. 1002 Quiey. 1003 natendetz adreg. 1005 uostramic ni uostre drut. 1010 Ni

---

[1]) N *endigt* 694, L 694 (695).

que vos. 1013 car lemperayre. 1018 mon. 1029 mal cor. 1035 aisi co fi. 1037 quel uit. 1039 castel. 1040 tengut. 1067 uens. 1073 iutiamen. 1081 Dossas el. 1097 dieu. 1105 cascus tan. 1111 ric nom. uolc. 1136 aital. 1146 tut. 1147 anuit *Tobler*] tanut. 1150 solelh. 1154 pascor. gais ni bels. 1155 nouels. 1161 clar. 1166 amic. 1167 uengut. 1168 messaties. 1169 coraties. 1175 que·n *Tobler*] quem. 1180 cauayer. 1181 Adreg. franc. entier. 1183 amor. 1187 dona quen. 1190 tot. 1191 cauayer. 1194 a son dons. 1208 fes. 1209 sos bes. 1213 sabranda. 1223 saber. acostar] aiostar? *Tobler*. 1226 daquest. 1233 E son. 1237 forsenat. 1239 R. uidal. 1243 chauzimen. 1246 cor. amistat. 1247 Cor trichador e trobat. 1248 uzatie. 1250 encombrier. 1261 cauayer adreg. 1276 E ferm. 1291 Sabers es. 1293 gauselm. 1297 ni *fehlt*. 1302 com sanc. 1304 uoluntat. 1308 perdon. tort. 1309 camic. esquieu ni fort. 1310 fol. 1311 Amicx. 1312 que sel ua. 1324 miraualh. 1327 plaides. 1329 leu paye. 1336 amor. 1339 amar. 1347 amic. 1353 camor. 1354 ferm uoler. 1356 que] qu'a? *Tobler*. 1367 be. 1370 Bertran. 1375 sol. 1380 sil. 1381 d'a *Tobler*] de. 1385 amic. 1389 fait. 1395 iutiamen.

Die handschriftliche Überlieferung.

Das Gedicht ist in den folgenden 4 Handschriften ganz oder zum Teil erhalten:

1. *p* = **Handschrift von Perpignan**, nur 200 Verse (574—774), eine nicht geringe Zahl darunter ganz oder teilweis zerstört. Vom Ende des 13. Jahrhunderts. Abgedruckt in Revue des langues romanes IV 228 ff.

2. *R* = **Handschrift von Paris**, franç. 22 543, die einzige welche das Gedicht ganz enthält. Nach Bartsch, Grundrifs S. 29, um 1300 geschrieben. Abgedruckt bei Mahn, Gedichte der Troubadours No. 341.

3. *N* = **Handschrift von Cheltenham** im Besitz von Rev. J. A. Fenwick. Enthält die ersten 696 Verse. Nach Suchier, Rivista di Filologia romanza II 49, etwa aus der ersten Hälfte des 14. Jahrhunderts. Nach einer von Mr. F. Fenwick besorgten Abschrift.

4. *L* = **Handschrift der Vaticana** No. 3206. Nach Bartsch, Jahrbuch XI 23 etwa vom Ende des 14. Jahrhunderts. Nach eigener Abschrift.

1. Unter diesen 4 Handschriften scheinen sich auf den ersten Blick deutlich einander gegenüber zu stellen: *NL* und *R*. Schon der gleich grofse äufsere Umfang des in *N* und *L*[1]) enthaltenen Fragmentes spricht für die Verwandtschaft der Texte. Die nähere Vergleichung dieser bestätigt diese Vermutung vollkommen. So überaus zahlreich sind die Fälle sehr starker gemeinsamer Ab-

---

¹) Jetzt beginnt allerdings Fol. 71 mit V. 59. Doch da wir hier mitten in einem Satze stehen, so ist anzunehmen, dafs das ursprünglich vorhergehende Blatt wie nicht wenige andere dieser H. (s. Gröber Roman. Studien II 433) ausgefallen ist: Jedes der folgenden Blätter bis Fol. 80 v. trägt 60 Verse unserer Novelle. Das Minus von 2 auf dem verlorenen wird einer Überschrift oder einer stattlicheren kalligraphischen Ausführung der beiden Anfangsverse zu Gute gekommen sein. So hat *N* Fol. 13 v., wo das Fragment beginnt, nicht nur die Überschrift *novas inpials*, sondern gibt auch die beiden ersten Verse geteilt und den Initialen *S* vor diese 4 Halbverse hingestreckt.

weichungen von R, dafs hier nur darauf hingewiesen zu werden braucht.

2. Eines eingehenderen Nachweises aber bedarf die Thatsache, dafs diese nahe verwandten N und L doch nicht unmittelbar eine aus der anderen geflossen sein können. Es seien zum Beweise hierfür unter vielen Stellen folgende herausgehoben: 78. 158 (N zu R), 162 (N zu R), 170. 178. 196. 216. 225. 226. 277 (N zu R), 310. 393. 484. 496. 560. 583 (N zu R), 604. 605. 630. 670. Vorzüglich aber die in N fehlenden Verse, welche L bietet: zwischen 114 und 115. 115 und 116. 199. 337. 348.

Die eben angeführten Varianten sind fast alle geeignet, auch ein umgekehrtes directes Abhängigkeitsverhältnis (N von L) unmöglich erscheinen zu lassen. N hat übrigens einen Vers, welcher L fehlt: 262.

3. Das Ergebnis scheint zu sein: Vertreter des einen Typus sind die beiden zu coordinirenden NL, des anderen R. Dieser Annahme treten indessen Stellen entgegen, welche eine Verwandtschaft zwischen N und R verraten. Einige sind schon angemerkt, hinzuzufügen wären noch: 89. 107. 140. 181. 208 (219). 235. 252. 300. 345. 370. 377. 405. 424. 429 u. a. Zwischen 114 und 115, 115 und 116 fehlt in R wie in N je ein Vers, den L bietet. Mehr ins Gewicht fällt 305 in beiden das gleiche Mifsverständnis des augenscheinlich von L unverletzt Überlieferten und dafs auch in R 337 ausgefallen ist.

Diese noch erkennbare Beziehung zwischen N und R ist für die Gruppierung der Handschriften von entscheidender Wichtigkeit, da sie R unter den gleichen Typus wie N stellt. Zieht man jetzt zugleich die noch viel engere Verwandtschaft zwischen N und L in Betracht, so hat man, was das Verhältnis aller 3 zum Originale anlangt, sich entweder zu der Annahme zu verstehen, erst der Veranstalter von R selber habe eine an sich gute Überlieferung durch überaus zahlreiche Incorrectheiten entstellt, sowie durch häufige Auslassung von Worten, von Versen (95. 340. 341. 557), während sie bei weitem correcter und ohne jene starken Spuren nachlässiger Behandlung nach dem zu R in nachweisbaren Beziehungen stehenden N und dem mit N sehr nahe verwandten L geflossen sei, trotzdem aber sei den vielen anderen an sich nicht incorrecten Varianten von R gröfsere Glaubwürdigkeit zuzuschreiben als NL; oder — und das ist doch bei weitem wahrscheinlicher, wird auch von anderer Seite her gestützt — man hat NL dem

Originale näher zu stellen und das Handschriftenverhältnis folgendermafsen zu veranschaulichen:

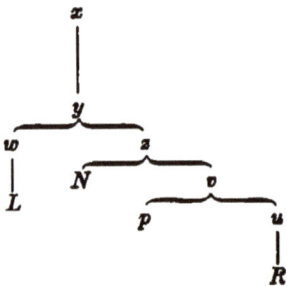

z hat auf dem Wege bis zu *R* so aufserordentlich starke Veränderungen und Entstellungen erlitten, dafs die Spuren einstiger Identität in *R* verhältnismäfsig nur noch schwach erscheinen.

4. Der Handschrift *p* ist ihr Platz zwischen *N* und *R* angewiesen worden. Die Verse 594. 595. 601. 676 zeigen *p* von den 3 anderen Handschriften unabhängig und umgekehrt auch diese von ihm. Dazu kommt, dafs keiner der anderen 642 fehlt und *p* allein 641. 669 Unverständliches bietet. *R* im besonderen, verglichen mit *p*, fehlen die Verse 599. 648 – 650, *p* hat sie mit *NL*. Zu diesen beiden, gegen *R*, tritt *p* auch 585. 589. 591. 597. Zu *R* aber, gegen *NL* 586. 622. 623. In dem Teile, welcher in *NL* nicht mehr erhalten ist, hat *p* nicht wie *R* 741 das falsche *la*.

In den Fällen, wo *p* noch mit *NL* geht, ist aus *v* das Richtige noch nach *p*, nicht mehr nach *u* geflossen, wo es mit *R* übereinstimmt, gegen *NL*, hatte schon *v* nicht mehr das Richtige.

5. Die folgende Verarbeitung der 4 Handschriften zu einem kritischen Text geht, was die Benutzung von *N* und *L* anlangt, von der Annahme aus, dafs, wo sie beide von einander und zugleich von *R* abweichen, *N* vorzuziehen sei. Wo *p* oder *R* mit *L* zusammengeht, gegen *N*, mufs deren Lesart als in *y* vorhanden vorausgesetzt und in den Text aufgenommen werden. Der Fehler fällt dann *N* oder wahrscheinlicher seiner Vorlage zur Last. Über das Zusammengehen von *R* und *L*, sowie über die Bevorzugung von *N* gegenüber *L* ist hier noch einiges zu sagen.

L R. Die Übereinstimmungen zwischen *L* und *R* sind alle derartig, dafs sie viel wahrscheinlicher als auf einen Zusammenhang zwischen *R* und *L*, auf ein Abweichen seitens *N* oder seiner Vorlage von der originalen Lesung zurückzuführen sind. Aus dem

Zusammenhang deutlich als fehlerhaft erkennbar gibt N 484 (wo das *larc conduchier* doch übel zu dem *paubre* in 482 pafst), 560. 604. Viele der anderen Abweichungen von LR sind als blofse Schreibfehler zu erklären: 77. 105. 147. 178. 182. 183. 204. 251. 275. 315. 319. 336. 458. 461. 488. 491. 514. 575. 576. 605. 615. 628.

Das vorzüglich durch den gemeinsamen Fehler in 305 und den Ausfall von 337 bestimmte Verwandtschafts-Verhältnis zwischen N und R kann durch derartige Übereinstimmungen von L und R, da ihnen nicht gemeinsame Fehler oder Lücken zur Seite treten, nicht erschüttert werden.

NL. Fehler, ausgefallene Verse (in L fehlt 262) ergeben nichts Entscheidendes für die gröfsere Glaubwürdigkeit der einen Handschrift zu Ungunsten der anderen. Incorrectheiten, nachweisbare Abweichungen vom Richtigen, finden sich in beiden nicht selten, nur R gegenüber zeichnen sie sich durch relative Correctheit aus

Hervorzuheben aber ist doch, dafs die Verse zwischen 114 und 115. 115 und 116 als eigenmächtige Einschiebsel von L angesehen werden müssen. welche auch innerhalb des Citates die Reimpaare fortsetzen sollen, zu vergleichen mit den willkürlichen Erweiterungen, durch welche R das Citat 92—98 dem Verse der Erzählung im Mafse anzupassen versucht hat. So scheinen auch im Stilistischen einige Spuren eigenmächtiger Umgestaltung der guten Überlieferung in L (wie in R) erkennbar zu sein. 257 hat N *asatz tocatz de bas aficx*. Transitiv verwendet bringt R. Vidal dasselbe Verbum Dkm. 151, 37. Die beiden anderen H.H. haben diesen Ausdruck, der ihnen oder den Schreibern ihrer Vorlagen ungeläufig sein mochte, je durch einer anderen näher zur Hand liegenden ersetzt. 170 hat N: *so sabetz, qu'ieu o say*. Statt *so sabetz* gibt L *ben per ver*, R weicht noch stärker ab, bringt *dis* schon im vorhergehenden Verse und schreibt in diesem *Veraiamens, que yeu* mit einem Hiatus. Zunächst scheint L das Ansprechendste zu bieten, nach dem S. 11 über gewisse stilistische Liebhabereien R. Vidals Bemerkten wird man aber auch hier eher N für original halten. 216 sagt der Ritter zu dem teilnehmenden jungen Fräulein nach N: »Darum weil ich euch nicht kenne, bin ich doch nicht auf meiner Hut vielmehr weil es **scheint**, dafs ihr gut und ohne Falsch seid ...« u. s. w. Das schliefst sich gut aneinander; er kennt sie nicht, aber das hindert ihn nicht offen zu sein; im Gegenteil, was er sieht, erweckt ihm ein günstiges Vorurteil·

L sagt: »Soweit ich es erkenne, habe ich mich nicht vor euch in Acht zu nehmen.« *R*: »Weil ich erkenne, dafs ich mich nicht vor euch in Acht zu nehmen habe«, und beide fahren dann wie *N* fort (nur dafs *R paretz* für *semblatz* setzt). In beiden ist das in *N* präcis gegebene Verhältnis von dem, was der Ritter weifs (d. h. nicht weifs), zu dem, was ihm scheint, verschieden verwischt worden. — Die in der Anm. zu 226. 227 gegebene Deutung ist freilich nicht unanfechtbar, aber sowohl *L* wie *R* bieten ganz Unbrauchbares, und dafs im Original etwas Dunkeles oder schwer Verständliches gestanden hat, beweisen doch eben die Änderungen von *L* und *R*, die nun freilich ihrerseits auf dem Wege bis zu *L* und *R* ebenfalls unverständlich geworden sind.

Erwägungen dieser Art schienen für *N*, auch *L* gegenüber, eine nähere Stellung zum Original wahrscheinlich zu machen, und so sind dann auch Lesarten *NR* gegenüber *L* in den Text gesetzt worden.

Zur Sprache des Dichters.

I. Katalanismen.

Gegen den Schlufs seiner *Razos de trobar* (Stengel S. 86, 36) warnt R. Vidal jeden, welcher in correcter provenzalischer Sprache dichten will »*que sos cantars o sos romans no sion de paraulas biaisas ni de doas parladuras*«; in den eigenen dichterischen Werken aber hat er doch nicht alle Spuren seines heimischen katalanischen Dialektes getilgt.

1. So ist es im katalanischen durchaus correct[1]), im provenzalischen aber, wenn auch nicht beispiellos[2]) nicht correct, den Diphthong *ui* in Reime zu paaren mit einem *ęi*, dessen *o*-Element lat. *ŏ* zur Grundlage hat. R. Vidal hat das wiederholt gethan: Dkm. **154**, 14. 15; **159**, 36. 37; **161**, 25. 26. So *fo* 534. 535. 1253 steht sogar *pus* (*post*) im Reim mit *us* (*usus*).

2. Ebenfalls im katalanischen[3]), nicht im provenzalischen, gestattet ist der Reim *petit*: *respit* (prov. *respeit*) So *fo* 902. 903; wozu auch *elit*(*z*): *chausit*(*z*) Dkm. **157**, 17. 18 zu stellen sein wird, da

---

[1]) s. Mussafia, Die katalanische metr. Version der sieben weisen Meister, § 10 der sprachlichen Einleitung.   [2]) *enui*: *lui* MW. II 43 *enuey*: *bruey* Chrestom.⁴ 329, 20. 21.   [3]) Mussafia § 16.

ersteres doch wohl lat. *electi* (also prov. *eleit*, katal. *elit* oder *elet*, dies bei Esteve p. p. *Diccionario catalan-castellano-latino*. als veraltet für *elegit* aufgeführt) darstellen soll.

3. Zu *sarret*[1]) Lb. 32, 28 für prov. *serrei* s. Mussafia § 1.

4. Auf den katalanischen Infinitiv *trober* für prov. *trobar* Lb. 33, 1 hat schon Mussafia § 84 aufmerksam gemacht.

5. Desgleichen auf die einige Male bei R. Vidal als Dativ Plural. des unbetonten persönl. Pronom dritter Person auftretende Form *los* (Dkm. 172, 32. 173, 4. 184, 34). Es ist das eine katalanische Form des Dativs, und ist hierin nicht ein Eintreten des Akkusativs an Stelle des Dativs zu sehen. § 77 A. 1.

II. Zur Nominalflexion.

Bei einer ersten Übersicht scheinen die Reime in allen 3 Novellen zahlreiche Beispiele incorrecter Nominalflexion zu bieten; es ist unter diesen jedoch zu scheiden zwischen solchen, deren Correctur sofort zur Hand liegt, und anderen, die nur durch sehr eingreifende Umgestaltung des Textes zu tilgen sind.

1. Am meisten verunstaltet durch Incorrectheiten der einen wie der anderen Art ist *Abrils issi'e mays intrava*.

a) Fälle; in denen beiden Reimworten nur das fehlende flexivische *s* anzufügen ist:

145, 10 (l. *amors. mos*) 11. 148, 9 (da hier *grocx* wie 10 *vertz* einzuführen ist, so auch *locx*) 8. 155, 7. 8. 158, 27 (l. *grans*) 28 (l. *us linhatges ricx*). 164, 20 (l. *fols*) 21. 177, 29. 30 (l. *gaugz e bos sabers*). 190, 10. 11. 24. 25 (l. *als pus*). 191, 13. 14. 192, 6 (l. *homes*) 7. (Vgl. hierzu Anm. zu *So fo* 438.)

b) Zu tilgen ist ein incorrect gesetztes:

148, 24 (l. *home*) 25. 156, 27. 28. 159, 10. 11 (oder es ist 10 *nulhas* zu lesen). 160, 26. 27. 161, 1. 2 (vom Herausgeber gebessert). 163, 8. 9 (nach der Anm.). 167, 19 (l. *valen*) 20. 176, 13. 14 (hinter 12 keine Interpunction). 179, 24. 25 (26 wohl *s'assemblan*). 180, 28. 29. 188, 17. 18. 190, 36. 37.

Auch noch durch unbedeutende graphische Änderungen zu bessern sind folgende Stellen: 147, 31 (H. *damors*). 158, 13 (l. *de valens*). 166, 24 (l. *franc et ardit* sc. *foton*).

---

[1]) So steht in der H. — Herr Professor Tobler hat mir eine eigene Abschrift der Novelle gütigst zur Verfügung gestellt.

Weiter gehen die folgenden Emendations-Versuche, die aber im Hinblick auf die überaus nachlässige Textüberlieferung principiell doch noch eher zulässig erschienen, als die Annahme, die sie veranlassenden Incorrectheiten seien dem Autor selber zuzuschreiben.

150, 24 könnte *que s'an acostumatz* eingeführt werden.

158, 5—7:

> *Per que'l baro fan tornar van*
> *E desesperat dels senhors,*
> *Car aissi'ls falh bes dels majors;*

wo zu *aissi·ls falh* das über die Katalanismen unter 5 Angemerkte zu vergleichen ist.

160, 8 l. *ai fag*, wie die Anm. vorschlägt.

164, 19 ff. ist unverständlich; vielleicht

> *mas, car retrait*
> *Cug qu'en fos per fols jutjadors*
> *E mermat,*

»weil ich glaube, es würde mit Bezug darauf getadelt und verkleinert werden«.

165, 33 scheint *hom non*] durch *homes* ersetzt werden zu müssen. Der Zusammenhang ist schwer verständlich.

169, 6—9 wird zu lesen sein:

> *Ni ja sol non demanderatz,*
> *Mas a totz jorns la troberatz*
> *Aital com agratz sol pessat.*
> *Aquist foron enamorat*

(vgl. **154**, 4 l. *volc*).

169, 23 ist gewifs *creeire* zu lesen; aber der vorhergehende Vers ist ausgefallen, und der Zusammenhang kaum erkennbar.

172, 33—35 l.

> *Seran lur van voler passat.*
> *Aitan ben son pauc razonat*
> *Un autre ...*

zu 34 vgl. die Anm.

173, 27. 28 l. *trobetz. paguetz* (29 l. *cascun*).

Als mir unverständlich habe ich aufser Betracht lassen müssen:

146, 10. **151**, 3—5. **159**, 33—37. **160**, 11. **161**, 21. 22. **162**, 20—23. **169**, 32. 33. **179**, 4. **184**, 31. 32. 37.

Als unheilbare Incorrectheiten bleiben aufserdem übrig:
153, 12 *poder* Nom. Sing.
157, 2. 3 *aquist* (Nom. Sing.) : *trist* (Nom. Sing.).
176, 22 *Aenac* Personenname, Nom.

2. *So fo el temps c'om era iays.*

Durch den Reim fixierte flexivische Incorrectheiten[1]) in *R*, welche die anderen Handschriften in Folge von abweichender Textgestaltung nicht teilen, finden sich: 237. 387. 452. In *Rp* 670. In *RN* (*Lp* fehlt) 29. Für den Teil welchen *R* allein überliefert hat vgl. noch die in der Anm. zu 1105 vorgeschlagene und die 1233 in den Text gesetzte Änderung.

Alle Fälle sind derartig, dafs in keinem die Incorrectheit mit Wahrscheinlichkeit dem Autor selber zuzuschreiben ist.

3. *Castiagilos.*

Lb. **33**, 83. 84 ist an beiden Reimworten das flexivische *s* ausgefallen.

29, 53 aber steht *cal desastre* als Nom. Sing. Vielleicht hatte das Original *lo desastre Que l'avenc.*

34, 38 ist der Flexionsfehler durch Einführung von *en vertat*, *per vertat* (Tobler) zu vermeiden.

Reim und Metrum zeugen für die Originalität von Incorrectheiten in der Flexion der Nomina mit beweglichem Accent.

1. *Abrils issi's mays intrava.*

Nur *bar*, *baro* zeigt hier häufig die Form welche nur den obliquen Casus des Singular gemäfs ist in der Function des Nom. Sing. a) ohne flexiv. *s*: **154**, 7 (Reim). **154**, 21. **155**, 32. b) mit flexiv. *s*: **157**, 30 (Reim). **168**, 25 (Reim). **155**, 10. **156**, 10.

163, 12 ist vielleicht zu lesen: *C'aissi·s tent'entrels baros* (Tobler); hinter V. 11 ist gar nicht oder nur schwach zu interpungieren.

2. *So fo el temps c'om era iays.*

In *R(N) baron(s)* als Nom. Sing. V. 25.

---

[1]) Fälle, in denen beiden Reimwörtern das Flexiv. *s* incorrect entweder zugesetzt oder verloren gegangen ist, sind nicht aufgenommen; auch solche nicht, wo durch Streichen oder Hinzufügen an dem einen Reimwort zugleich der richtige Reim und die correcte Flexion hergestellt wird.

3. *Castiagilos*

zeigt keine vom Reim oder Metrum dem Dichter zugewiesene Incorrectheiten dieser Nomina. Überhaupt ist zu sagen, daſs sie nicht schwer wiegen, sondern auch häufig genug bei den Trobadors sich finden, wie das die von Stimming, B. Born S. 240 (zu 5, 40) gegebenen Beispiele hinreichend veranschaulichen. Seinen eigenen theoretischen Forderungen freilich hat der Dichter nicht genügt (vgl. Razos, Stengel S. 79, 28 ff.).

Homo.

1. *Abrils issi'e mays intrava.*

155, 19 ist mir nicht verständlich.
171, 32 *luenh hom*] l. *luenhon* (31 l. *com*).
181, 32 l. *Homes cui falh valors.*
183, 36 verlangt das Maſs des Verses, *home*, den correcten Accusativ Sing. also, zu lesen (37 l. *Cascus*)[1]. Der ist auch **179**, 21 vom Herausgeber eingeführt.

2. *Castiagilos.*

Lb. **29**, 57 und 58 treffen wir *hom* als Cas. obl. Sing. Aber 57 steht *no* nicht in der Handschrift, es ist also empfehlenswerter, zu schreiben: *Vas nulh home ni anc sofri*; denn die Anknüpfung einer negativen Aussage an eine ebensolche vorangegangene durch bloſses *ni* ist doch so ungewöhnlich nicht.

Zu V. 58 vgl. *So fo* 123. 124 auch Lb. **30**, 14: es wird *Precx nulh home* (Cas. obl. im Sinne des Dativs) zu lesen sein.

3. *So fo el temps c'om era iays.*

Nur in *R* 1346 *oms* als Cas. obl. Plur. 1354 *om* als Cas. obl. Sing. Man wird auch hier schwerlich die originalen Lesarten haben (vgl. Razos S. 80, 4 ff.).

III. Zur Verbalflexion.

1. Der Reim *dic: sofric. So fo* 122. 123. *s'enparat[g]ic: castic* Dkm. **158**, 29. 30, zusammengehalten mit R. Vidals Bemerkung in den Razos (84, 40 ff.), für die 3. Person Sing. Perfecti der 3. schwachen Conjugation sei *-ic* allein die correcte Endung, würde

---

[1] Zu *aital .. can* vgl. Suchier, Dkm. I S. 512. Anm. zu V. 858 des Evang. Nicodemi.

in einer Ausgabe, welche den Dialect des Dichters herstellen wollte, überall an ihrem Orte die Einführung dieser Endung verlangen.

2. Die Wiedergabe von *sum* durch *so(n)*, von den Razos (S. 82³, 20 ff.) als incorrect getadelt, ist durch den Reim gesichert: Lb. **32**, 75. **33**, 39. Vgl. auch Dkm. **156**, 6. **162**, 24. *So fo* 1064.

IV. Zum Reim.

Reime, welche in dem vocalischen Bestandteile incorrect sind: Dieselben, aber im Klange verschieden gefärbten Vocale, reimen miteinander.

1. *Abrils issi'e mays intrava.*

$e:e$ Dkm. **151**, 7. 8 *taisses* : *es* — **168**, 16. 17 *fero* : *levero* — **183**, 35. 36 *poiretz* : *etz* — (Zu **163**, 36. 37 vgl. die Anm. zu *So fo* 319.)

$q:q$ (Donat St. **45**¹, 3. 20) Dkm. **151**, 19. 20 $a:serta$ — **172**, 15. 16 *tra* : *vila* — **179**, 12. 13 *vilas* : *siguas*.

(Der Reim **175**, 2. 3 ist correct, aber 3 *no s'a plan* zu lesen.)

2. *So fo el temps c'om era iays.*

$e:e$ 1166. 1167 *R*.

Einen solchen incorrecten Reim, der nicht in den kritischen Text aufzunehmen war, hat *R* auch 19. 20.

$a:a$ 725. 726 (*Rp*).

3. *Castiagilos*

hat nirgends offenen und geschlossenen Vocal im Reim gemischt.

Reime, welche mit Bezug auf die dem Reimvocal folgenden Consonanten als nicht correct zu bezeichnen sind.

a) (stimmloses) $S:TZ$.

1. *Abrils issi'e mays intrava.*

156; 10. 11 (*engres*, Nom. Sing.: *pretz*; vgl. **191**, 5. 6 *engres* Cas. obl. Plur.: *ades*; *So fo* 1379. 1380 *ades* : *engres* Nom. Sing.). **167**, 15. 16. **179**, 12. 13. **187**, 35. 36 (vgl. die Anm.).

Auch **151**, 8 vertritt nach dieser Analogie *es* wohl *etz* und nicht *est*, obwohl übrigens der Delphin den Joglar nicht, wie der Dichter selber, in der zweiten Person Plur., sondern in der zweiten Sing. anredet.

2. *So fo el temps c'om era iays.*

Alle 4 H.H. haben 520. 521.
NL 357. 358.
R 1166. 1167 (984. 985?).

3. *Castiagilos*

bietet 2 Fälle: Lb. **31**, 26. 27. **32**, 17. 18.

b) *RS* : *S. Abrils* **168**, 38. **169**, 1[1]). Vgl. Diez³ I 400 Anm.

c) *qui*: *amic* hat der *Castiagilos* **32**, 9. 10. (Gegen die Form *ami* wenden sich die Razos S. 87, 4. 14.)

Zu Dkm. **180**, 2. 3 s. die in der Anm. vorgeschlagene Emendation.

V. Zum Metrum.
Hiatus.

1. Hiatus des unbetonten auslautenden Vocales eines mehrsilbigen Wortes mit dem anlautenden des darauf folgenden.

So fo el temps c'om era iays.

In der ersten Hälfte der Novelle, für deren Textgestaltung die Überlieferung in *NL* ausschlaggebend ist, finden sich nur 5 solcher Hiate. Dazu kommen für den zweiten Teil, der allein in *R* (nur eine kurze Strecke mit *p* zusammen) enthalten ist, noch 10; diese waren in den kritischen Text aufzunehmen: 13 (*NR*). 386 (*NLR*). 432 (*NLR*). 617 (*NLp*)[2]). 628 (*NLR*). 789. 817. 905. 1004. 1052. 1054. 1056. 1080. 1081. 1090.

2. Von vocalisch auslautenden einsilbigen Wörtern seien als häufig im Hiatus stehend hervorgehoben:

a) *que* (relativ. frag. Pronomen, relat. Adv., Conjunction).

In der ersten Hälfte nur 305 (*RL*; *N* schreibt *qus*).

In der zweiten: 801. 849. 993. 1127. 1137. 1178. 1205. 1237. 1239.

b) *si* (= lat. *si*) 701 *p*.

c) Tonlose persönliche Pronomina vor[3]) ihrem Verbum.

---

[1]) *majors* scheint übrigens im Zusammenhang nicht sehr passend, s. die vom Herausgeber vorgeschlagene Emendation.   [2]) *p* schreibt zwar *long*, aber das richtige Mafs des Verses verlangt *longa*.   [3]) Die conjunctiven Pronomina erhalten, wenn sie hinter das sie regierende Verbum treten, eine gröfsere lautliche Kraft und kommen auch in sorgfältig geschriebenen Denkmälern im Hiatus vor.

771 *Rp.* 901. 1118. 1365.

Diese Zusammenstellungen zeigen ein ziemlich häufiges Auftreten des Hiatus in *R*. Auch in den ersten 694 Versen hat *R* dementsprechend allein noch die Hiate (Fall 1) in 151. 154. 238 (263 ist *ame* wohl nur verschrieben für *ames*), 289. 290. 382. 475. 616. 695, während *N* aufser den mit *RL* und *Lp* gemeinsamen nur in 26 einen hat.

Fall 2a in *R* 93. 144. 146. 170. 189. 270. 426. 531.
        in *L* 388.

Fall 2b in *R* 473. 521.
        in *L* 225.

Fall 2c in *R* 554, wo der Vers doch entweder durch *li era* oder durch *que el* auf sein richtiges Mafs zu bringen ist.

Ebenso überfüllt mit den Hiaten der bezeichneten Art ist der Text der beiden anderen Novellen, wie ihn uns *R* erhalten hat.

Fall 1.

Abrils issi'e mays intrava.

Dkm. **145**, 17. **146**, 33. 37. **147**, 23. **149**, 9. **152**, 27. **154**, 7. 32. **155**, (3?) 15. **158**, 3. **161**, 26. 29. **162**, 2. **172**, 36. **175**, 27. **180**, 1 (l. *fassan*). **183**, 8. **185**, 20. **186**, 22. (**188**, 10 l. *linhatjes*.) **188**, 29. **190**, 3. (**192**, 6 l. *homes*.) **192**, 13.

Castiagilos

Lb. **29**, 14. 36. **30**, 13. 17. 33. 39. 48. **31**, 8. 48. 58. 62. **32**, 5. 9. 22. **33**, 12. 44. 59. **34**, 16. 20.

Fall 2a.

Dkm. **144**, 28. **145**, 18. **151**, 1. **152**, 2. 10. 37. **155**, 36. **160**, 22. **162**, 7. **163**, 2. **165**, 31. **167**, 31 (l. *que en vi*). **178**, 8.
Lb. **29**, 7. 9. 26. 48. 56. 63. 67. 68. **30**, 57. **31**, 23. 25. 55. **32**, 27. **33**, 32. 40. 66. 69. **34**, 10. 16.

Fall 2b.

Dkm. **148**, 29. **151**, 19. **153**, 23. **154**, 1. **155**, 26. 27. **160**, 30. **162**, 8. **163**, 30. **184**, 37.
Lb. **30**, 33.

Fall 2c.

Dkm. **146**, 29. **151**, 15. **170**, 34 (es kann nur das *i* eines *li* elidiert werden).

Lb. **29**, 54[1]). (**31**, 48 wird *si* = *sic* sein. 49 l. *Detras si un.*)

Im Anschlufs hieran sei auf das zweisilbige *non y* Dkm. 148, 31 (die beiden folgenden Verse haben ihre Plätze zu tauschen) aufmerksam gemacht. Sonst hat R. Vidal nur zahlreiche Beispiele des aus beiden nach Abfall des beweglichen *n* von *non* zusammengeschmolzenen einsilbigen *noy*. (Vgl. übrigens Suchiers Bemerkung zu seinen Denkm. I S. 510 zu S. 1, 9.

Dafs die unbetonten persönlichen Pronomina die sich bietende Gelegenheit zur Enclisis oder Proclisis verschmähen, begegnet gleichfalls sehr häufig; einmal Dkm. 191, 34 erscheint sogar der Artikel im Plural an *a* nicht angelehnt.

Verschleifung
des betonten Vocales mit einem danebenstehenden innerhalb eines Wortes zeigen:

1. *Abrils issi'e mays intrava.*

Dkm. **169**, 27. **182**, 5. (*ia*)

2. *So fo el temps c'om era iays.*

R 172. L 300.

3. *Castiagilos.*

Lb. **31**, 45. 79.

Diese wenigen Fälle werden mangelhafter Überlieferung zur Last zu legen sein.

---

[1]) s. S. 70 den durch eine flexivische Incorrectheit der handschriftlichen Überlieferung in 53 veranlafsten Änderungs-Vorschlag.

Anmerkungen.

17. Über die häufige Gegenüberstellung von *bas* und *aut* in solchen und noch kürzeren, schärferen Wendungen s. Stimming zu B. Born 6, 36 (S. 242). Beispiele der im afr. geradezu sprichwörtlich gewordenen Wendung *de si haut si bas* gibt Tobler, Beiträge S. 217 A. 1.

18. *donet que. donar* im Sinne von »die Möglichkeit, Fähigkeit zu etwas geben« erscheint sonst vorzüglich auf das göttliche Verhalten dem Menschen gegenüber in diesem Sinne eingeschränkt (vgl. unser »gebe Gott dafs«); so auch bei R. V. Dkm. 145, 17. 156, 19 vgl. M. W. I 35: *ja dieus no·m do Pueis faire vers ni chanso.* I, 140: *dieus me do Vezer l'ora e l'an.* Vgl. zur Construction der letzten Beispiele Diez³ III 227, wo auch solche aus anderen Sprachen angezogen werden, und Tobler, Beiträge 74, wo weitere afr. Beispiele hinzugefügt sind. Von der Dame dem Ritter gegenüber ist es hier V. 125 gebraucht.

20. »und was werdet ihr davon sagen? (nachdem ich euch mitgeteilt haben werde, wie er sich verhielt)« Tobler.

26. *Vas que, segon que* findet sich ja ganz gewöhnlich nur zur Einleitung einer grammatisch untergeordneten Aussage verwendet, welche als Mafsstab, als Ursache für eine (logisch) davon abhängige Behauptung des Hauptsatzes fungiert; hier würde es umgekehrt eine zur vorausgegangenen Aussage in bestimmtem Verhältnis stehende Behauptung coordiniert, in der Form der relativen Anknüpfung, einleiten: »Und dem entsprechend führte er gern und häufig eine Schaar von Gefährten (war er an der Spitze von…)«; vgl. *contra que* in: *E pens de vos en estans, Contra que m'etz tant eniga* Chrestom⁴. 108, 7. 8. *sera* für *serra* (Diez, E. W. I *serrare*) »Gedränge, Menge«, wie ital. (»pressa, calca« Tommaseo). Die Verwendung des Wortes an unserer Stelle erscheint analog der von *massa* in: *Ab massa d'autres encombriers* G. Riquier (Rayn. 4, 164b).

30. Vielleicht stand ursprünglich *no fo baros*, s. S. 70. Herr Prof. Tobler schlägt vor 29. 30 umzustellen und zu schreiben: *Qu'en la terra non ac baro, Que cavayers fos, pro e bo.*

47. S. Gr(undrifs) 70, 10. M. G. 820, 5. (Str.) *R*.

48. 48. *de lay quant*. Zu *lay*, in temporalem Sinne verwendet, vgl. Stimming S. 276 (zu 26, 48), wo auch Beispiele für *lay quant*. *lay que* hier 1079. Bartsch, Lesebuch 144, 54: *lai qu'ieu si' espoza E m'ajon maridada, Soi fort encoratjada Queus renda guazerdo*. Es braucht also nicht geändert zu werden wie B. vorschlägt.

54. *fug als malvatz*. *fugir* findet sich prov. öfter auch mit dem Dativ gebraucht; vgl. Dkm. 186, 24. Peire Vidal (Bartsch) No. 24, 17: *A re no degr'om melhs fugir Com mal senhoriu* und die Anm. dazu. No. 32, 17: *s'eu li fug ni camje ma carreira* M. G. 610, 4: *non sui Dels seus, anz lor refui*. 708, 6: *selh siec amor[s] qui's n'esdui E selh encaussa que li fui*. 852, 2: *Qar ges a ioi non fui*. Chrestom.[4] 165, 27 [*amors*] *corr tun tost que res noil pot fugir·*

58. 59. *far drut recrezen*. *recrezen* steht zu *drut* attributiv, nicht prädicativ, vgl. hierzu besonders 947. 948, wo *grazir* neben *far* dieses Verhältnis klar stellt; auch Dkm. 151, 20. 21 spricht dafür. 146, 9. 192, 6 das. lassen beide Auffassungen zu.· Zu *far desconoissensa* vgl. Dkm. 152, 21. 22. 178, 9. 10. 179, 1. 2.

72. »denn dorthin wo die Trefflichkeit zu wählen kommt, kommt auch der Adel« (die Neigung einer ausgezeichneten Dame adelt auch einen nicht ebenbürtigen Geliebten).

77. Gr. 370, 3. M. G. 1413, 4 *B*.

87. *patz = pastus* ist wohl anderweitig noch nicht belegt.

92. Gr. 389, 20. Archiv XXXIII, 436, 5 *A*.

99. 100. »Der Ritter wollte nicht Raimbaut heifsen in dem Sinn wie der Dichter Raimbaut den Ausdruck von sich gebraucht hatte, sondern einen schönen Namen haben« Tobler.

104. *non i* zweisilbig, vgl. S. 75. *i* (*ibi*) stände pronominal für eine Personenbezeichnung, was nach Diez[3] III 56 kaum gestattet ist. Vgl. aber auch 966. 1009, wo *y* einen conjunctiven Dativ *vos* vertritt, *loy*, *quey* für *lous*, *queus* steht. Beispiele aus B. Born gibt Stimming zu 7, 23 (S. 245), wo aber die Beispiele der Verbindung *loi* zu streichen sind (vgl. Diez[3] II 100, 2. Note). Da die beiden anderen H.H. das persönliche Pronomen haben, ist die Annahme eines Schreibfehlers in *N* nicht ausgeschlossen.

105. 106. »Schwerlich wird es eine ausgezeichnete Dame geben, dafs man ihr nicht daher (*en*, weil sie ausgezeichnet ist) einen Geliebten zuschriebe.« Der Dativ bezeichnet hier, wie so häufig, die Person, welche neben dem von der Aussage direct betroffenen Object in Mitleidenschaft gezogen wird (Diez III³ 136, 4). Über die Vertretung des Relativpronomens durch eine Verbindung des relativen Adverb. *que* mit dem persönlichen Pronomen (das aber auch fehlen· kann) s. Diez III 380. Tobler, Göttinger G. A. 1877 S. 1609. Suchier, Auc. Nicol. zu 6, 36. Stimming zu 10, 52 (S. 252). Tobler, Beiträge S. 103. Vgl. unten V. 849. Dkm. 146, 22.

108. Schon Diez hat darauf aufmerksam gemacht, dafs Raimon von Miraval hier immer als »Herr Miraval« citirt wird. Gr. 406, 5. M. G. 736, 4 *R*.

116. 117. Zur stärkeren Hervorhebung des Verhältnisses zeitlicher wie logischer Folge, welches die den Nebensatz einleitende Conjunction anzeigt, erscheint im nachfolgenden Hauptsatze noch das Adv. Das findet sich auch sonst: M. W. II 62: *Que anc pus si fetz cavaliers Non ac pueys membransa ni sen*. Peire Vidal (Bartsch) No. 22, 27 *anc pos lo guitz de deu frais Non auzim pois l'emperador Creisser de pretz*.

127. »Weiterhin, an einem Ostertage.«

137. 138. *can*. Stimming zu 14, 24 (S. 257) bezeichnet das *can* in dieser Verwendung als pleonastisch; schwerlich mit Recht. Der präcise Gedanke, welchen die beiden Verse zum Ausdruck bringen sollen, scheint mir zu sein: »und es waren nur was Annehmlichkeiten sind die Unterhaltungen beider«, *can* also *quantum* darzustellen und in einem verkürzten, je nach Numerus und Person seines auf *can* folgenden Subjectes durch die Präsensformen von *esser* zu vervollständigenden beziehungslosen Relativsatze prädicativ verwendet zu sein. Unserem Beispiele entspricht Dkm. 190, 10 *No seriatz mas can joglar[s]* (erg. *es*).

Dieser verkürzte Relativsatz kann in dem Satzgefüge, dem er eingeordnet ist, die verschiedensten Functionen übernehmen. Eben haben wir ihn als Prädicat kennen gelernt. Als Subject zeigen ihn die beiden ersten von St. gegebenen Beispiele und eins von A. Maruelh (M. G. 233 Str. 5), das er nachweist: *el mon non es mas quan vos res*. Als Object: Uc. St. Circ (M. G. 717, V. 1—3): *Nuilla ren que mestier m'aia Mas quant un pauc de saber Non ai de far canson guia*. G. Bornelh (M. W. I 184 V. 40. 41): *ieu non cossir, s'er'en un gran mercat, Mas quant de lieys* (hier ist *quant* Prädicat in einem subjectslosen, durch *es* zu vervollständigenden Satze). Attributive Bestimmung: G. Bornelh (M. W. I 184, V. 8. 9) *anc pueis remembransa ni sen Non aic mas quant de lieys en cui m'enten* (»nur auf sie beschränktes Sinnen und Denken«).

153. »und insofern als er ihr das (offen) sagt, so geschehe ihm aus Gnade, dafs sie es ihm zu keinem Schlimmen wende (dafs sie es ihn nicht übel entgelten lasse)« *per merce* gehört zu dem ganzen Ausdruck *sia que non*...

157. Es entspricht dem provenzal. Sprachgebrauch, in *pois* nicht die Conjunction, sondern das Adverbium zu sehen, welches eine coordinierte Aussage anfügt: »und dann kann sie (auch) alle Tage sagen hören.«

163. »dafs ihr mir so etwas schändliches erzählt (ein so schändliches auliegen vorgetragen) habt.«

167. »An mich (selbst) wende ich mich damit, (mir selbst schreibe ich es zu) dafs ich nur Übles (Tadel) daher verdiene.«[1]) Möglich ist auch eine Auffassung des ganzen Zusammenhanges, welche hinter *torn* zu interpungieren hätte, hinter *mier* keine Pause zuliefse: »denn Tadel verdiene ich mir daher dafs ...« Die oben gegebene erscheint mir passender.

171. Gr. 70, 27. Archiv XXXVI 406, 2 *V*.

174. *desconogutz*. R. Vidal braucht den Ausdruck hier in anderem Sinne als welchen er im Citat hat. B. Ventadorn will sagen: »ich erkenne mich darüber selbst gar nicht mehr« (vgl. Goethe in: Herz mein Herz was soll das geben?); die Dame dagegen hier: »soviel habe ich durch Unterweisung zu Wege gebracht, dafs ihr darüber ganz unklug, unbescheiden geworden seid.«

189. Zu *seluy* gegenüber *sel* in *R* (was dann den Hiatus *que a* veranlafst) vgl. *Razos de trobar* 81, 16 (*C*).

212. »um fremdes Herz herauszuziehen« (aus dem Innern gleichsam) — »fremde Gedanken herauszulocken (?).« Tobler.

216. 217. s. S. 65.

219. »*celar alcun* heifst: jemanden nicht verraten, so S. Honorat S. 151 *Mantas vetz la castia ben e secretament E celava l'en fort.*« Tobler.

222. *per iorns* eigentümlich gezwungen: »euer natürlicher Scharfsinn, nicht erst längere Erfahrung sagt euch.«

225. 226. Die beiden Verse sind mir in der von *L* und *R* überlieferten Fassung gar nicht, in der hier nach *N* gegebenen,

---

[1]) Vgl. B. Zorzi (Levy S. 40, 71. 72) *Mas si be'm mier L'enfernal disciplina.*

wenigstens was die in Parenthese gestellten Worte angeht, nur sehr mangelhaft verständlich. (»und es möge der Gedanke davon offenbar geworden sein«? Der Satz ist seiner Umgebung parenthetisch eingefügt wie 219 das eben besprochene »*e sia·n celatz*«. Auch das spricht nach dem S. 11 Bemerkten eher für als gegen seine Originalität.

231. *acuilhir*. Vgl. *colhir* in dieser Verwendung (»gestatten dafs«) bei P. Vidal (Bartsch) No. 11, 9: *E quar per sa merce·m col, Qu'en chantan domna l'apel, Be·s tanh qu'op leis mi capdel.*

232. 233. vgl. Dkm. 156, 17.

237. Von den nicht wenigen Trobadors, welche den Namen Arnaut tragen, heifst in den Handschriften keiner »aus Nantuelh«; bei mehreren ist eine andere Herkunft ausdrücklich vermerkt. Den nächsten Anspruch, Heimat des hier genannten Dichters zu sein, hat unter den heutigen französischen Ortschaften des Namens Nanteuil die im Dép. Dordogne, Arr. Nontron gelegene. Hier liegt auch Mareuil.

239. Gr. 30, 23. M. G. 1404, 5 *B*.

248. Gr. 155. 1. M. G. 26, 2 *BEI*.

257. vgl. S. 65. Im ital. sehr gewöhnlich, vgl. schon Dante, Inferno VII 68: *Questa fortuna, di che tu mi tocche, Che è?* s. auch Rayn. V 368 a.

261. Gr. 242, 58. M. G. 1373, 5 *B*.

262. *blanç* in *N* ist sicherlich Schreibfehler für *balanç* vgl. *N* 575.

270. Vermag ich nicht nachzuweisen.

282. Gr. 202, 1. M. G. 342, 2 *B*.

291. Gr. 242, 58. M. G. 1373, 3 *B*.

305. Fehlt nicht in *L*, wie Chrestom. [4] 226, 17 angegeben ist, sondern lautet wie im Text steht. *midons* im Munde des Fräuleins scheint bedenklich. In correcter Ausdrucksweise sagt *midons* nur der Liebende von (nicht auch zu) seiner Dame; so wird es willkürlich neben *ma domna* verwendet. Herr Professor Tobler, den ich wegen der schwierigen Stelle um Auskunft bat, hat die Vermutung ausgesprochen, es könne, falls man die Stelle so auffassen wolle wie hier vorgeschlagen wird, zur Rechtfertigung des *midons* gesagt werden, das Fräulein versetze sich mit diesem Ausdruck ganz in die Lage des Ritters. Dafs auch 350 (*NL*) mit *sidons* die Dame als Geliebte des Ritters, nicht als Herrin des Fräuleins charakterisiert erscheint, macht die analoge Auffassung auch für unsere Stelle noch wahrscheinlicher.

310. Ich habe *be* in *N* als einen Schreibfehler für *bo* angesehen.

319. *esvelh* ist dunkel; wenn man es nicht, ausgehend von der bei Rayn. V 480a nachgewiesenen Bedeutung des Participiums Perfecti »aufgeweckt, scharfsinnig« erklären will mit »wenn ich darin hell, klar, richtig sehe«. Vielleicht liegt das Simplex mit dieser freilich ziemlich erzwungenen Bedeutung reflexiv gebraucht Dkm 163, 37 vor, wo das correspondierende Reimwort *e* verlangt, also *mi velh* statt *novelh* zu schreiben wäre.

322. Gr. 242, 39. M. G. 1368, *B*. 322 – 333 machen die achte Strophe des Gedichtes aus. 334 - 339 die Tornada. 342. 343 sind die beiden letzten Verse der siebenten Strophe. Die dazwischen stehenden 340. 341, welche *NL* bieten, und die nur die Schlufsverse einer anderen Strophe sein könnten, finden sich in keiner der bis jetzt bekannt gewordenen Fassungen des Gedichtes.

333. *pois* Pf. zu *ponher*: »spornte darnach vorwärts«.

352. »aber jene, die daraus (als) ihre Meinung nahm (die sich nach dem Gehörten die Ansicht bildete) wie wenn sie (das Fräulein) zu viel wüfste.«

357. »dafs ihr mir von so etwas zu sprechen gewagt, ohne dafs ihr es (nämlich, dafs ihr zu mir davon nicht reden dürft) sofort, ohne Verbot, begriffen habt.«

373. 374. »*dos motz? totz?*« Tobler.

376 – 379. Ich kann den Autor der 4 Zehnsilber nicht nachweisen; wohl möglich, dafs es R. Vidal selber ist.

384. 385. »Genug hatte jeder in seiner Weise zu erzählen betrübt und in Aufregung« (Jeder hatte ein trauriges Lied zu singen). *estiers*, so prägnant für *estiers de sen* gebraucht, ist von Rayn. nicht belegt.

390. Dafs die paroxytonen Infinitive auf -*re* in substantivischer Function auch bei Trobadors sich ohne flexivisches *s* finden, bemerkt Stimming zu 2, 19 (S. 231).

391. ein Accusat. Pluralis des Compositums *malafes?*

398. *retrait* »geschilderter Zustand«. Tobler.

402. Gr. 70, 43. Archiv XXXVI 404, 5 *V*.

424. Gr. 194, 19. Archiv XXXV, 449, 5 *U*.

438. Um den fehlenden Reim zu erhalten, müfste man umstellen:

»Vielleicht
:

Matis e sers, lus e dimartz,

Lus e dimartz,
Matis e sers e tot l'an tanh,
Qui es ricx et gens,
Que sapcha far faitz avinens.« Tobler.

Es mag hier darauf hingewiesen werden, dafs R. Vidal die Citate dem Texte der Erzählung gleichsam einzuhaken pflegt, dadurch dafs er dem ersten und dem letzten Reimwort des Citates im vorangehenden bezw. im nachfolgenden Verse des Textes seinen Correspondenten gibt. Das thut er auch dann wenn das Citat selbst mit einem Reimpaare beginnt oder schliefst, so dafs sehr häufig drei Reime entstehen oder, wenn das Citat nur aus einem Reimpaare besteht, wie z. B. hier 784. 785, Dkm. 175, 24. 25, zwei gleiche Reimpaare.

Da dieses Verfahren durchgehends befolgt erscheint, so ist — auch für das Verständnis des Zusammenhanges sehr wünschenswert — der Ausfall je eines Verses auzunehmen: vor Dkm. 177, 35 nach 178, 6. Ferner das. nach 191, 10. Auch die Umgebung des Citates 157, 19—22 wie dieses selbst hat in der Überlieferung sehr gelitten (vgl. die Anm. und dazu *So fo* 92 98 in *R*). Schon hinter 157, 16 ist ein Vers ausgefallen, 17. 18 ist *elit Et adret e franc e chauzit* zu schreiben und dann der Ausfall eines Verses anzunehmen. 161, 6 dagegen gehört wohl schon zum Citat und ist aus dem M. W. I 180, Z. 14 von unten, überlieferten *Que los temps fon et er* entstellt. *er* reimt im Text wie im Citat selber mit *ier*.

439. *qui es* statt des sehr viel häufigeren *qu'es*.

442. »Und nimmer möge um falscher Minne willen das Flehen den Treuen leid werden.« Tobler.

445. *totz aitals* »ganz derselbe, immer sich gleich.« Tobler.

446. Es ist wohl eine Composition *franc-apres* und entsprechend 488 *flac-urditz* einzuführen (vgl. Diez II³ 415, 2a).[1])

451. Zu *demenh* vgl. E. W. I unter *mentre*. In der Form *domens que* begegnet die Conjunction bei Raimon Feraut, Vie de St.-Honorat: Chrestom.⁴ 339, 28.

---

[1]) Vgl. auch in *R mals assautz* für *mal-azautz* Dkm. 175, 19.

459. Gr. 406, 18. M. G. 1116—19, 1 *M C N A*.

463. 464. »ein feines »Nein« soll soviel wert sein wie eine unziemliche Buhlschaft, soll dieselbe aufwiegen.« Tobler.

475. »Über solchen Gedanken gerät sie in innere Bedrängnis und arbeitet darauf hin wie sie ihn sich erhalten könne, um sich zu erhöhen und zu Ansehen zu bringen, und weil sie ihn mit Rat beschützt hat.« Sehr seltsam ist das *e car* 478, welches an den Ausdruck ihrer Bemühungen sehr nachlässig den Grund knüpft, weshalb er verpflichtet wäre sie zu seiner Dame zu wählen.

Zu *fu* in der angenommenen Bedeutung vgl. Dkm. 159, 15 (l. *nobles*).

481. Habe ich nicht finden können.

485. Zu *met cor* vgl. Dkm. 157, 31.

489. Gr. 70, 1. M. G. 133, 3 *B*.

501. *membrera* statt des correcten *membrara*; vgl. *cuyderas* bei G. Cerveira, Chrestom.[4] 307, 11.

508. »unter solchen Umständen (vorausgesetzt) dafs sie einen Gemahl hätte«. Diez handelt von diesem *que* III[3] 339.

515. Denn »*pauc ama qui non fai messios*« sagt schon B. Ventadorn M. W. I 18.

529. 530. »Alle hielten sie für sehr höfisch, die That (die Handlungsweise) der Dame und des Ritters« *domna* und *cavayer* sind Cas. obl. im Sinne von Genitiven.

545. »Die Dame gesellte ihn zu sich« (nahm ihn in ihre Gesellschaft auf) vgl. die Verwendung von *accompagnare* bei Dante, Purgatorio VI 114, wo Rom *Vedova e sola, e dì e notte chiama: Cesare mio, perchè non m'accompagne?* Syntactisch interessant ist die Variante von *R* wie die analogen 526. 527. 617. Dkm. 145, 13.[1]) Viele andere Beispiele und die Deutung dieser Verwendung des Relativums bei Tobler, Beiträge S. 203.

554. Zwischen *qu'el era* und *que l'era* war zu entscheiden. Mir scheint, dafs der Ritter den Accent darauf legen will, wie er sich benommen habe im Gegensatz zu ihr.

559. Gr. 240, 4. Archiv XXXV 442, 6 *U*. Bei M. G. 438 *M* fehlt diese Strophe.

»**571.** beginnt wohl die Antwort des Ritters« Tobler. Auch die Deutung von 573. 574, entsprechend der in 574 angenommenen

---

1) Auch 154, 36—155, 1 ist wohl so aufzufassen.

Parenthese folgt Herrn Prof. Toblers Vorschlag. 572 *aqui* »in diesem Punkte, was diese Frage angeht«?

575. Gr. 406, 2. M. G. 12, 4 *BE* (R. Miraval).

578. Stimming bemerkt zu 2, 41 (S. 232), dafs nach der Conjunction *tro* (*que*) bei B. Born, wie überhaupt im prov., meist der Conjunctiv stände, in den zusammengesetzten Zeiten könne auch der Indicativ eintreten, wenn die Handlung des Nebensatzes als vollendet hingestellt wird.

Es ist zu sagen, dafs die Wahl des Modus davon abhängt, ob der Schriftsteller das Eintreten der mit *tro* (*que*) eingeleiteten Aussage des abhängigen Satzes als der Vorstellung, der Erwartung, dem Wunsche des im übergeordneten Satze genannten Subjectes angehörend characterisieren will, oder ob er von seinem Standpunkt aus das Aufhören bezw. das Eintreten des vom Hauptsatz Ausgesagten für bedingt erklärt durch den Eintritt dessen was der Nebensatz hinstellt.

Im ersten Falle folgt nach *tro* (*que*) der Conjunctiv, im zweiten der Indicativ. Vgl. hierzu die von St. aus B. Born gegebenen Beispiele. Demnach ist an unserer Stelle hier der Indicativ durchaus das Wahrscheinlichere. Wollte man *vir* als Conjunctiv auffassen, so müfste man etwa übersetzen: sie quälen ihn so lange, bis endlich was sie wünschen, nämlich dafs er sich einer Anderen zuwende, eintritt.

588. 589. »und damit ihr mir das falsche Herz nicht in Verzweiflung gestürzt hättet, es mir auch (früher) sagen können« Tobler.

594. Ich habe das spanische Citat, das in allen 4 H.H., am wenigsten in *p*, in Orthographie, Laut- und Wortformen provenzalisiert erscheint, in der Orthographie von *p* in den Text gesetzt. Ist hinter 595 eine Lücke anzunehmen?

610. Gr. 406, 23. M. G. 49, 6 *B*.

625. »ihr werdet ein anderes Lied singen (andere Saiten aufziehen)«.

635. von Paul Meyer, Romania II 26 nachgewiesen, s. Archiv XLII 254 No. 89. Der dort gegebene Text der Berner Liederhandschrift lautet:

    I. *Consilliez moi signor*
       dun ieu parti damors
       akeil ie me tanrai
       souent sospir e plour

por celle cui iaiour
e grief martyre en ai
maix une autre en proiai
ne sai se fix folour
ke motriat samor
sens poene e sens delai.
II. *Se iai celle matour*
ie ferai traitour
de mon fin cuer uerai
losengier iangleour
uoldroient ke des lour
fuxe maix nel serai
a celi me tanrai
por cui scux en errour
se tenrai a grignor
ma ioie se ie lai.

Auch hier haben unsere H.H., am reichlichsten *R*, die afr. Formen zum gröfsten Teil durch die entsprechenden provenzal. ersetzt, soweit Reim und Metrum es gestatteten.

656. Das Relativum bezieht sich auf den ganzen vorangehenden Satz: »Dieser hatte eine wahrhaftige und gutgeartete Gesinnung, was ihr nicht« (habt).

663. Gr. 406, 42, 5. Str. Die Strophe fehlt in *E* (M. G. 1088), *Q* (Arch. XXXIII, 421); auch in *V* (Arch. XXXVI, 395), das überhaupt nur 4 Strophen hat.

670. »Diesen halte ich für Amors Genossen«, vgl. die Varianten. Wie unser Text liest *A* (M. G. 1090), *C* (M. G. 1089) hat dafür: *ioy pot aver si quo's tanh.*

681. Die der eben citierten vorangehende Strophe.

688. *p* liest $\overline{c}ab$, für Sinn und Grammatik am befriedigendsten. Die anderen H.H. unserer Novelle und *A C(V) c'ab(cap)E(Q) sap (sab).* Aber ein von *vuelh* abhängiges *que* würde doch 687 Nominative und 688 *remanha* verlangen. Das *que* vor *ab* als »denn« aufzufassen, geht auch nicht wohl an.

689. »und ihr werdet in der Patsche bleiben«. Vgl. das lat. *in luto esse, haerere* bei Plaut. Pseud. IV 2, 27. Pers. IV 3, 66. Es überrascht sehr, einen Ausdruck von so derber Bildlichkeit in einer Conversation zu finden, die übrigens doch augenscheinlich »höfisch«, also elegant und geistreich sein will im Sinne jener Zeit. Am schlimmsten erscheint, dafs solche Worte hier ein Herr einer

Dame gegenüber gebraucht. Ähnliches, doch nicht so Starkes findet sich an anderen Orten der Novelle: 629 (»da ihr mir so etwas angerichtet, eingebrockt habt) 853. 981.

690. Über diese Form der Vertretung einer, wie es scheint, provenz. nicht vorhandenen conjunctional verwendbaren Composition *ses que* durch die Präposition *ses* mit einem nachfolgenden Relativum siehe Stimming Anm. zu 14, 36 (S. 258); vgl. 900. Dkm. 156, 24. Auch andere vorhandene und ganz gebräuchliche mit *que* zusammengesetzte Conjunctionen lassen sich bisweilen so vertreten vgl. hier 549. 550 für *per que'l cui' aver fag plazer*.

699. *i* weist auf das *vas seley* in 697 zurück.

700. = *la y*.

711. Zur Bedeutung von *menta* hier vgl. Tobler über die Bedeutungen desselben Verbums im afr. Beiträge S. 176, A. 1.

731. *sofrens* im Sinne einer weiblichen Tugend dem Liebenden gegenüber heifst: nachgebend, sanft, sich hingebend vgl. *sofrir* 1189. 1264.

739. Gr. 406, 15. Archiv XXXV, 427, 4 *U*.

742. Vgl. Dkm. 177, 32. 189, 19.

743. »welcher (recht) zu handeln versteht und welcher sich hält an...« vgl. zu dem prägnanten *for* Dkm. 149, 35 (wo das an *que* angelehnte *se*, wenn es nicht zu streichen ist, als Dativ aufzufassen sein wird).

757. *sec* »richtet sich nach«.

784. Gr. 392, 13. M. G. 55, 6 *B*.

790. ?

798. Diese Verse habe ich in den von R. Miraval gedruckten Gedichten nicht gefunden. *dessals* ist mir nicht verständlich. So wie das Citat erhalten ist, wird nicht recht ersichtlich, wie es das zunächst im Text Vorhergehende stützen soll.

800. *Ni a sols us mestiers valor* (?).

806. »selbst wenn sie nichts anderes lieben als Gesichter (als das Äufsere)«? *de* in dieser Verwendung nach *als* kann ich sonst provenz. nicht nachweisen. Herr Prof. Tobler hat mich indessen darauf aufmerksam gemacht, dafs es afr. nach *autre* in analoger Funktion steht.

809. Gr. 392, 23. M. G. 273, 1 *S*.

813. »Ich behaupte gar nicht, dafs nicht zur besseren Erscheinung komme (durch ein solches Liebesverhältnis nämlich) der Ruhm, das Wissen die Schönheit (der Dame), und dafs die Liebe nicht bessere Annehmlichkeiten verschaffe als irgend etwas sonst auf der Welt; aber ...«

821. Statt des unverständlichen *presas* möchte ich *prezar* vorschlagen: »Nur Liebe erregt (in dem Ritter) die (zu rasch entgegenkommende) Liebe (der Dame), nicht Hochachtung entsprechend dem (ihrem) Benehmen und der lieblichen Rede (Unterhaltung)«

822 *Segon*] *Ses bon*? Tobler.

823. *far* ist ein unvollkommener Ausdruck dessen was der Dichter sagen will: »eine Dame welche dies alles zu beachten (zu erwägen) weifs.«

829. Gr. 450, 2. M. G. 747, 7 C.

837. *non yer* schreibt die H. statt des gewöhnlichen *noy er*. Wenn man nicht 838 einen Flexionsfehler zulassen will, mufs man übersetzen: »und es wird darin (dabei) nicht ohne Schaden geblieben (abgelaufen) sein.«

841. »seid (steckt) daher bis zum Haar (bis zur Haarwurzel) in Tadel, (welcher) offenbar geworden (ist) nach allen Seiten«.

844. *donzela ses marit*. Dafs nach guter Sitte nur verheirateten Frauen gestattet war, solche Verhältnisse wie das hier in Frage stehende einzugehen, zeigt auch der Ensenhamen einer jungen Dame von Amanieu de Sescas (Bartsch, Lb. 140 ff.), s. hier die Antwort, welche der Dichter dem Fräulein auf eine Liebeserklärung vorschreibt: S. 144, 43 ff. Das Fräulein unserer Novelle hat indessen ja diese Bedingung ganz correct erfüllt.

848. *a totas mas* »nach jeder Richtung hin, in jeder Beziehung«, vgl. Dkm. 150, 8. Rayn. IV 141a.

854. »denen die nicht auf ihrer Hut gewesen sind«. Das Particip. Pf. alleinstehend in reflexiver Bedeutung, in welcher es in der Verbindung mit *estre* ja ganz gebräuchlich ist (Stimming zu 14, 75. S. 260). Der zu diesem Vers reimende fehlt.

866. *bos cuydars* »ein gutes Bewufstsein«.

867. 868. Die Anakoluthie ist zu beachten.

875. Gr. 155, 3. M. G. 1328, 3 *B*.

888. Man wird *clis* zu schreiben und *semblet* 887 »erschien«, nicht »glich« zu deuten haben. Die Änderung 913 geht von derselben Vermutung aus.

893. »entsprechend dem, dafs er mir erzählte ...«

903. Man wird *mi duys* durch *m'aduys* zu ersetzen haben, vgl. Dkm. 147, 14. 171, 5. M. W. I 201: *sol[s] lo parlars M'adutz tals quals bos pensars*.

909. »Und was mich noch mehr vorwärts trieb (was mich noch mehr in meinem Vorhaben bestärkte): es geschah, um die Wahrheit kund zu thun, dafs er mir sagte . . .«

Hinter den das Subject darstellenden Satz ist unvermittelt der als dazugehöriges Prädicat aufzufassende gestellt, zwischen beide ein diesem subordinierter eingeschoben.

Zweifelhaft erscheint mir, ob eine durch folgende Interpunction zu illustrierende Auffassung provenz. zulässig ist: *e — so que pus me mes avan — a far conoisser* . . . .

917. »*a dom diey*«. Compos. zu *domdar*, für das Rayn. die Formen *domtar, domptar, dompdar* hat.

927. Gr. 155, 6. M. G. 1328, 2 *B.*

935. *cuy* für *qui.*

942. *deja·m gardar* scheint doch nötig.

961. *areiar* fehlt bei Rayn. »vorbereiten, in Aussicht stellen«, s. E. W. I (*redo*).

970? *a bon captenh* ist doch nur als attributive Bestimmung zu *amor* aufzufassen möglich.

977. *parét* (?)

979. 980 werden auch von Serverí de Gerona in seinem Gedicht über die Frauen citiert (Suchier, Dkm. I 270, V. 527. 528). Dort sind sie mit den Worten eingeführt: »*nostra*[1]) *savis dis*«; aber die Meinung Suchiers (S. 540), dafs hiermit die beiden Verse als sprichwörtliche Redewendung characterisiert werden sollen, scheint mir natürlicher, als die Annahme, es läge darin ein Hinweis auf R. Vidal.

981. Mistral gibt für *abéura* die Bedeutungen: *en faire accroire, leurrer.*

985. *pessats* ist wahrscheinlich zu schreiben; doch ist mir, da ich 986 mit *com de por* nichts anzufangen weifs, auch 988 nicht verstehe, der ganze Zusammenhang dunkel.

992—994. »Und ich will zu eurer Rechtfertigung noch zugeben, dafs noch jede Frau etwa einmal Unrecht gethan hat« Tobler.

1009. *quey volgues tornar* »gesetzt den Fall, er hätte zu euch zurückkehren wollen«, vgl. *no vuelh fols contrastar Ni o faria que pogues* A. Maruelh, Revue des l. r. 3ᵉ série 6, 65. Über das Imperf. Conj. in der Bedeutung des ihm etymologisch zu

---

[1]) Katal. für *nostre.*

Grunde liegenden lat. Tempus s. Diez III³ 330. 356. Doch ist hier vielleicht entsprechend dem *emparey* 1007 *cugey* statt *cug ges* zu schreiben.

1035. »wie wenn es eine Schickung gewesen wäre« (als ob es gar nicht anders hätte sein können) und wie wenn es in Ehren geschähe«, *vengues* scheint mir subjectslos zu sein.

1037. *aqui meteys que* »gleich auf der Stelle als« temporal, vgl. Chrest.⁴ 111, 4 *aissi mezeis quant hom lor me mentau Mi temon plus que calha esparvier*. M. W. I 140 *per autrui no vuelh sia saubut, S'aqui mezeis sabi' estr'emperaire*.

1069. 1070. »Und soll auf mein Zureden nicht gehört werden?« Tobler.

1082. Dem im Singular vorangehenden Verbum folgen die Subjecte im Plural.

1088. *troberatz* »würdet gefunden haben«, s. Stimming zu 8, 50 (S. 248).

1105. *pagatz* kann nicht Acc. Plur. sein; das Participium der zusammengesetzten Zeiten reflexiver Verba steht im prov. stets im Nominativ, vgl. Dkm. 148, 21. 156, 6. Diez III³ 297 (auch die *Leys d'amors* II 12 sagen nichts anderes, worauf Herr Prof. Tobler in seinen Vorlesungen aufmerksam zu machen pflegt). Man muſs also *can s'en fon pagatz* schreiben.

1113. Was *ab tant* in diesem Zusammenhang bedeuten soll, ist mir nicht verständlich.

1118. Kann der Vers bedeuten: »Nichtzusammenkommen, das Nichtzusammensein mit euch bestärkt sie darin (in ihrem Entschluſs, um euer Urteil zu bitten)«?

1123. Dahinter »scheint eine Lücke angenommen werden zu müssen«, Tobler.

1129. R. Vidal copiert Herrn Hugos Haltung getreulich dem ihn um Rat bittenden Joglar gegenüber: Dkm. 162, 30 ff.

1135 ff. Wenn man nicht lieber hinter 1136 eine Lücke annehmen will, kann man vielleicht deuten wie folgt: »Wenn anders ich wacker bin und preiswert und so wie es sich für einen ritterlichen Herrn ziemt, so ist es mir, ohne daſs ich sie sehe (kennen lerne) leid um die Damen, die nach dem was mir scheint so umsichtig sind und (leid ist mir) daſs ihnen derartige Umstände erwachsen sind.«

1140. *ses lur vezer*. Wie im afr. verlangt auch im prov. der Infinitiv das betonte persönliche Pronomen neben sich.

1154. *gai* und *bel* sind prädicativ zu *pradet* gestellt. *trametre* »herstellen«, »in einen Zustand versetzen«. Mit dem folgenden *car* (1155) wird nicht sehr geschickt die Bemerkung angeknüpft, dafs Herr Hugo den Ort aufgesucht habe, eben weil er so lieblich war (vgl. zu 475). 1156 wird *noy* statt *no* durch das darüberstehende *noy* veranlafst sein, der mit *e* angeknüpfte Satz, in dem es steht, ist selbständig: »und er wollte nimmer ...« Mistral hat *sesilho*, das Fem., = *siège, assiette*.

1157. Zu *paire ni filh* vgl. Stimming zu 4, 23 (S. 237).

1160. Der Dichter trägt seine Novelle selber vor, vgl. 91.

1169 ff. »Aber mir würde es den Mut übersteigen, ein derartiges Urteil zu fällen, weil solche Dinge meist auf Unannehmlichkeit, Mifsvergnügen hinauslaufen«, Tobler.

1177. Den Thatbestand pflegten auch die Schiedsrichter in Minnesachen vor dem Spruche zu recapitulieren, s. G. Berguedans *Amicx senher, nous o cal dir* (Keller S. 20) und das Urteil das. S. 9. In ähnlicher Lage verhält sich auch R. Vidal so seinem Joglar gegenüber: Dkm. 162, 35 ff.

1207. 1208 sind mir in der überlieferten Fassung unverständlich. Ich möchte zu schreiben vorschlagen:

per so car ilh, qu'era s'amiga
e noirimens e bona fe,

doch kann ich *noirimen* in der Bedeutung, die es dann hier zu haben scheint: »das was erzogen wird«, »Pflegling«, sonst nicht nachweisen.

1216. zu *letz* siehe Donat (Stengel 51[1], 5, vgl. die Anm.), der es in der Form *lethz* (*i. lex*) aber auch in einer Reihe mit *drethz* (*i. ius vel rectus*) bringt.

1219. 1220 »Aber wenn auch natürlicher Verstand in dem besten Menschen der Welt ist, so kann derselbe ihn doch nicht zu seiner Verfügung (*aon*) haben, ohne viel hören und erfahren«, Tobler.

1223. Herr Prof. Tobler erinnert hierzu an das Dantesche: *Non fa scienza Senza lo ritenere avere inteso* Parad. V 41.

1229. Es ist wohl *cortz* zu lesen.

1235. Zu *sel que dis ... aissi dic* (1237) vgl. Suchier, Denkm. I 525 zu 1109 des Alexius.

1238. Dahinter fehlt ein Vers, welcher dem Namen einige lobende Attribute vorausgeschickt haben wird. Das folgende Citat ist sehr verstümmelt. 1243 wird ursprünglich 4 Silben mehr gehabt haben, die auch den Reim zu 1244 brachten. Auch zu *valer* 1245 fehlt das Reimwort. Hinter 1246 ist ein Vers ausgefallen, der sicherlich nicht sehr verschieden von 1237 gelautet hat, und dessen Schlufsworte (*forsenatz*), gleichfalls als Prädicat, zur Seite träte: *cors trichadors e trobatz en blandir*. Mit 1247, meine ich, schliefst das Citat, dessen letzter Vers ebenso wie der erste in ihm selber reimlos ist; der Vers des Textes aber, welcher den Reim zu 1247 brachte und das Subject zu *val* 1248 enthielt, ist verloren. Schliefslich wäre 1248 *mals* zu streichen und *usaties* zu schreiben.

1274. *si = sic*.

1282. Ist wohl *permet* zu schreiben.

1285. »das ist das Wahre, die Wahrheit.«

1288. *per obs que'l fos*, vgl. M. W. 1 44: *Ni·m lais d'amar per dan qu'aver en suelha* (für, um Schaden, den ich gewöhnlich davon haben möge, obwohl ich ... so grofsen Schaden ich auch ...). M. G. 690, Str. 4: *ni cre c'anc fos Vas ren de mala companha Mas vas me, que ges desamar Non la puesc per dan quey prezes*. M. W. II 75 *Que ges Rozers* (Canello S. 115) *per aiga que l'engrois Non a tal briu* (durch Wasser, das ihn schwellen, obwohl, so sehr ihn Wasser schwellen möge) und hier: »um Nötigung, die ihr gewesen, so nötig es ihr auch gewesen wäre.«

Eine concessive Conjunction aus dieser Anschauung heraus, wie das ital. (Diez III³ 361) scheint das prov. indessen nicht gebildet zu haben; vgl. zu 690.

1290. »was man nur solchen die gefehlt haben bereiten, angedeihen lassen kann.«

1295. Gr. 167, 43. Archiv XXXIII 452, 5 *A*.

1307. 1308. »Wissen, Gewandtheit und Verstand macht ihr (der Willkür, *voluntatz* 1304) leichtsinniges Treiben zu Schanden.«

1318. *Non sec razo, mas plana voluntat* sagt auch G. Calanso von der Liebe Chrest[4] 165, 24.

1321. 1322. *a mort Veno·l plus fort ses reteners* (?).

1325. Gr. 406, 8. M. W. II 124, V 3.

1329. *leu s'apai'e* bei M.

1346. Durch *d'omes* für *en oms* könnte die incorrecte Flexion vermieden werden, wie 1354 durch *d'ome* für *per hom*.

1351. *ab* führt hier nicht, wie nach seinem gewöhnlichen Gebrauche in der hier vorliegenden syntactischen Stellung zu erwarten wäre, die Person ein, welche gemeinschaftlich mit dem Subject an dem Prädicierten als Träger beteiligt ist, sondern die welche davon betroffen wird (»sich versündigen an«).

1372. Gr. 80, 38. Stimming S. 206, V. 19—22. vgl. S. 320.

1375. »*absol* als ein Wort?« Tobler.

1397. Der letzte Vers ist reimlos.

Anhang.

Zur Tabelle der
katalanischen, aragonesischen, kastilischen Trobador-Gönner
in R. Vidals Novelle *Abrils issi·e mays intrava.*

Die folgenden Notizen wollen versuchen, die Übersicht von Trobador-Gönnern der nordspanischen Königreiche, welche R. Vidal gibt, inhaltsvoll genug zu machen, um eine deutlichere Anschauung zu bieten von der Stellung, welche die Trobador-Poesie in der vornehmen Gesellschaft des damaligen Königreiches Aragon einnahm. Nur die spanischen Barone sind so ausführlich als mir möglich war besprochen. Für die anderen sind die *Histoire de Languedoc* und *L'Art de vérifier les dates*, meist schon Diez, leicht übersehbare Fundorte.

1. »*En Diego, que tan jo pros*« Dkm. 165, 22.

Herr Diego Lopez de Haro war der Sohn des Grafen Don Lope, Herrn von Viscaya, seine Schwester Doña Urraca, die Stiefmutter des Königs Alfons IX. von Leon. Als diese im Jahre 1206 (in dieses Jahr verlegt Zurita II 53, der sich auf »*relaciones antiguas*« beruft, die folgenden Ereignisse) von ihrem Stiefsohn in zweien ihrer Schlösser angegriffen wurde, ohne dafs dessen Vetter, der kastilische König Alfons VIII. für die bedrängte Frau eintrat, verliefs Don Diego die kastilischen Dienste, in denen er bis dahin gestanden, und ging nach Navarra zum König Sancho Sanchez dem Starken. Der pflegte nämlich fast unaufhörlich in kriegerische Händel mit Leon, Kastilien oder Aragon, oder auch mit allen dreien zugleich verwickelt zu sein. So auch damals. Don Diego drang mit den Navarresen so ungestüm in Kastilien vor, dafs Alfons VIII. erst mit Hilfe des leonesischen Vetters der Feinde Herr werden konnte in einer Schlacht, die Zurita eine der denkwürdigsten jener Zeit nennt.[1])

Bald darauf gelang es Doña Sancha, der Mutter des Königs Pedro II. von Aragon, zwischen Don Sancho und seinen Gegnern,

---

1) »*de las mas señaladas de aquellos tiempos y en que mayores hechos de armas se celebraron.*«

worunter auch ihr Sohn, den Frieden wiederherzustellen; Don Diego sah sich preisgegeben und entwich zu den Mauren nach Valencia.

Es war ein gar nicht so seltenes Ereignis in damaliger Zeit, dafs christliche Barone bei den bittersten und gefährlichsten Feinden ihrer Staaten eine Zuflucht suchten, wenn sie sich von den Ihrigen rettungslos bedrängt fanden. Nur dafs sogar König Sancho von Navarra 1199 den Hof und Schutz des Miramamolin der Almohaden, Yacub ben Yussuf, aufsuchte, erregte über Spanien hinaus ein ärgerliches Aufsehen.

Von Valencia aus begann Don Diego einen Guerilla-Krieg gegen Aragon, denn in Don Pedro und seiner Mutter sah er mit Recht die Urheber seiner verzweifelten Lage. Don Pedro rückte vor Valencia. Aber bei der Blockade, gerade vor dem Stadtteil, den Don Diego hielt, wollte es des Königs Mifsgeschick, dafs ihm das Pferd verwundet wurde; er selbst wäre dem Tod oder der Gefangenschaft schwerlich entgangen, hätte ihn nicht Don Diego in dieser äufsersten Gefahr gerettet. Das wolle Gott nicht, dafs er den Enkel des »Kaisers« in ihre Hände geraten liefse,[1]) so hat er sich hernach vor den Mauren gerechtfertigt.

Aber sehr sicher konnte er sich seitdem nicht mehr bei ihnen fühlen: er ging nach Marocco. Wie lange er sich hier aufgehalten hat, darüber scheinen Nachrichten zu fehlen, er erscheint erst bei Las Navas wieder und trägt vor anderen zu dem grofsen Erfolge des Tages bei. Er und der Aragonese Don García Romeu waren es, die dem Kundschafter zu folgen und seine Angaben zu prüfen unternahmen, da er den christlichen Königen anbot, ihre Heere auf Umwegen und von den Mauren unbemerkt in die günstige Position auf der Ebene von las Navas de Tolosa am Südabhange der Sierra Morena zu führen.

In der Schlacht, zwei Söhne zur Seite, führte er das Vordertreffen und leitete den Angriff ein. Seine Thaten an diesem Tage werden neben denen von Don García Romeu und einigen anderen von den Chronisten besonders gerühmt.[2])

Zwei Jahre nach der Schlacht, im Jahre 1214, starb König Alfons VIII. von Kastilien (»*el de las Navas*«), nur fünfundzwanzig Tage später seine Gemahlin Doña Leonor, die Tochter König Heinrichs II. von England. Der Thronfolger Don Enri-

---

[1]) Don Pedros Mutter, Doña Sancha, war die Tochter Alfons VII. von Castilien.   [2]) Lafuente, *Historia general de España* V 225.

que war ein Knabe von elf Jahren. In den heftigen Unruhen, die während der Vormundschaft von dessen Schwester Berenguela, der geschiedenen Gemahlin Alfons IX. von Leon, in Kastilien ausbrachen, stand Don Diego treu zur Seite der Regentin; und auch als es galt nach dem frühzeitigen Tode Don Enriques die Herrschaft Fernandos III. gegen die Rebellen zu begründen, war er der Vorkämpfer der Legitimität.

Da unter den sogenannten Fueros de Señoríos damaliger Zeit auch die von ihm in Viscaya verliehenen gerühmt werden,[1]) so scheint er auch in der inneren Verwaltung seiner Herrschaften ausgezeichnet gewesen zu sein. Zurita (II 53) erwähnt, dafs er den Beinamen »der Gute« führte.

Seine Teilnahme an der Trobador-Litteratur und ihren Trägern ist auch sonst bezeugt. Peire Vidal rühmt ihn in seiner heftigen, ausgreifenden Art.[2]) Richard de Berbesieu verbrachte seine letzte Lebenszeit bei ihm.[3]) Auch von Aimeric de Pegulhan wird er erwähnt.[4])

2. *Guidrefe de Gamberes* 165, 23.

s. Milá 330, A. 6 u. 127 A. 3.

Danach hätten wir hier vielleicht einen Vertreter des kastilischen Geschlechtes der Cameros. Ein Rodrigo Diaz de los Cameros kämpft bei Las Navas; Ein anderer Pedro Ruiz (so verbessert Milá (S. 127 A. 3) das *rois peire* des Textes (Mahn, B.[2] No. 104) wird in der Biographie des Guillem Magret erwähnt, der in einem Hospital, im Gebiete dieses Herrn gelegen, starb.

3. »*E·l comte Ferran lo cortes E sos fraires tan ben apres*« 165, 24. 25.

Milá (330 A. 7) sieht darin die Oheime des Königs Jaime I: den Infanten Don Fernando und den Grafen Don Sancho, (er liest also *son fraire*) die durch Jahre der Thronfolge ihres Neffen gewaltsam wiederstrebten, indem sie ihn für illegitim erklärten (Zurita II 66).

Der Umstand dafs bisher Kastilianer genannt sind (auch der

---

[1]) Lafuente V 279. [2]) Bartsch, No. 18, 49 ff. [3]) Nach Diez, L. W.[2] 432. In *B I* (M. B.[2] No. 52) fehlt die Bemerkung.
[4]) Chrestom.[4] 162, 30. Diez (L. W.[2] 352) setzt das Gedicht bald nach 1218, man wird es nach dem was eben über Don Diegos Anteil an Ferdinands III. (seit 1217 in Kastilien König) ersten Regierungshandlungen gesagt ist, noch etwas weiter hinunterrücken müssen.

König Alfonso V. 21 wird Don Alfonso VIII. von Kastilien sein) führt uns eher auf die Grafen Lara: Don Fernando, Don Gonzalo, Don Alvaro, die sich Jahre lang gegen Doña Berenguela und König Ferdinand III. in Empörung hielten (s. oben unter Don Diego.) Sie gehörten dem mächtigsten Geschlecht in Kastilien an.

4. »*Vas Lombardia·l pro marques*« 165, 28.

Bonifaz II., Markgraf von Montferrat 1192—1207 (s. Diez, L. W. Register.)

5. »*E·n Blacas noy fai a laissar*« 165, 37.

s. Diez L. W.² 321, danach 1200—1236.

6. »*del Baus en Guillem lo blon*« 166, 1.

Guillem IV. von Orange (s. Diez, L. W.² 216. 441) 1182—1218 (vgl. Chevalier.)

7. »*d'Alvernha·l senhor Dunon*« 166, 2.

? s. unten die handschriftliche Lesart.

8. »*Ni·l comte Dalfi que tan *val*« 166, 3.

Die H. liest *valc*, es ist aber doch derselbe, von dessen Hof der Joglar eben kommt, der gefeierte Robert I (1169—1234), (s. Diez, 92 ff.).

9. »*Ni say en Gasto, a cuy *cal May de pretz c'om non li conoys*« 166, 4. 5.

Man wird hierin Gaston VI, Vizgrafen von Béarn (1173—1215, womit auch das von *val* V. 3 hier geforderte *cal* verträglich ist) zu sehen haben. Bertran de Born erwähnt ihn (s. Stimming 21, 24. 35, 27 resp. S. 268, 289). Nach Zurita (II 42) huldigt er 1187 König Alfons II. in Huesca.

10. »*silh que venion per Foys, Aqui trobavon un senhor Adreg ...*« 166, 6. 7. 8.

Auch gewifs der welchen der Joglar kurz zuvor (162, 1) nicht angetroffen hatte: Ramon Roger (1188—1223) (s. L'Art de vérif. les d. IX 436).

11. »*al Vernhet un Ponson gay*« 166, 10.

(So schreibt Milá S. 338, Z. 2.)

Einen Ponce de Vernet nennt Zurita (III 4) unter den Ricos Hombres, die sich an Don Jaimes Zug gegen Mallorca 1229 beteiligten.

12. n *Arnaut de Castelnou* 166, 12. ?

13. Vielleicht steckt in den verderbten Versen 166, 15. 16 der in der Geschichte wie in der gleichzeitigen Dichtung (B. Born) namhafte Raimon Gauseran de Pinos.

14. »*A Cardona·n Guillem lo ric*« 166, 18.

Neffe Armengols X von Urgel. Im Kriege Urgels gegen Foix tritt er für seinen Vetter Armengol XI kräftig ein. Er ist Garant des Grafen in einem Dokument sehr intimen Characters, worin Graf Armengol XI. und seine Gemahlin versprechen, es fortan nicht mehr an der einander gebührenden Rücksicht und Hochachtung fehlen zu lassen. Später ist er Vollstrecker des vetterlichen Testamentes, in welchem er, wie schon in dem seines Oheims, hinter der directen männlichen und weiblichen Descendenz für die Nachfolge im Besitz der Grafschaft berücksichtigt wird.

Er ist auch einer der Vermittler zwischen König Pedro und seiner Mutter 1200 in Hariza (vgl. unter 15. 18 f.). Noch weit in Don Jaimes Regierung hinein wird er in wichtigen Stellungen genannt[1]).

15. »*al Castelvielh fo·n Albertz, Us cavayers mot coratjos*« 166, 21. 22.

Er gehört zu den Herren, welche vor den Kortes, die Doña Petronilla 1162 nach Hueska berief, eidlich bekräftigen, daſs Raimon Berenguer IV sein Testament — er war auf der Reise gestorben — bei vollem Bewuſstsein diktiert habe (Zurita II 20). Auch er ist einer der Vermittler zwischen Doña Sancha und D. Pedro.

16. »*Cals fo·n Guillems, sel de Moncada*« 166, 26.

Das Geschlecht der Moncada war eines der einfluſsreichsten des Landes und die Seneschallie von Katalonien in seinem erblichen Besitz. Ein sehr ausgezeichneter Sproſs dieses Hauses ist der bei Mallorca 1229 gefallene Guillem de Moncada (Zurita III 4); dessen Vater war Guillem Raimon. Zum ersten Mal neben diesem nennt ihn Zurita (II 61) als Teilnehmer an einem Zuge Don Pedros gegen die Mauren von Valencia 1210. Seine Mutter war eine Castelvielh (Zur. II 27. 63), seine Gemahlin Garsenda Vizgräfin und Erbin, er somit Vizgraf von Béarn. Ein älterer Guillem ist bei Zurita nur einmal (II 27) genannt.

17. »*a·n*[2]) *Miquel en Arago*« 166, 33. 34.

---

[1]) Nach Monfar, *Historia de los condes de Urgel* (t. IX. X. der *Collecion de Documentos inéditos . . de la Corona de Aragon* ed. *Bofarull*). s. IX 420. 425. Überhaupt Cap. 53—55 sind für diese ganzen Verhältnisse lehrreich.   [2]) So ist gewiſs statt des gedruckten *a* zu schreiben.

8. Milá 331 A. 9: Herr Miguel von Luesia in Aragon (im Bezirk der fünf *villas*). In Peire Vidals Biographie, wo er neben Albert de Castelvielh, Guillem Raimon de Moncada, Garsía Romeu u. a. erwähnt wird (Mahn B.² No. 23) heifst er »de Luzia«). Peire Vidal stellt ihn in einem Gedicht über den Erzengel gleichen Namens (Bartsch No. 14, 61—64). Er wird bei Las Navas als Träger des aragonesischen Banners genannt (Zurita II 61). Auch nach Muret begleitete er König Pedro II.; obwohl er hier nicht fiel, findet er sich doch später nicht mehr genannt, gewifs war er zur Zeit von Don Jaimes Zug gegen Mallorca nicht mehr am Leben.

18. »en¹) *Garssia Romieu*« 166, 34. 35.

Zum ersten Mal erwähnt Zurita diesen berühmtesten Aragonesen jener Zeit unter der Regierung Pedros II im Jahre 1200 als Vermittler in dem Zwiste des Königs mit seiner Mutter. Seine einflufsreiche Stellung läfst ihn dann später häufig genug mit den wichtigsten politischen Aufträgen betraut erscheinen. So ist er 1204 Mitglied einer Kommission, die in einer kastilisch-aragonesischen Grenzstreitigkeit entscheiden soll. (Zurita II 50.) Er gehört zu den ständigen Begleitern Don Pedros. Las Navas war sein Ehrentag. (s. oben unter Don Diego.)

Wie lange er etwa gelebt hat, wüfste ich nicht anzugeben; Zurita nennt ihn nach Las Navas nicht mehr.

19. »*d'Entens'a'n Berenguier*« 166, 36.

So schreibt Milá 338, Z. 6 von unten, richtig.

Der Name erscheint oft bei Zurita unter König Alfonso und König Pedro. Er nennt ihn zuerst 1170, wo er mit Alfonso das Weihnachtsfest zu Ribagorza feiert; 1171 wird er mit Tervel belehnt (II 31). Auch er ist 1200 unter den Vermittlern. 1208 ist er gestorben.²) Er war wie Herr Garsía ein Aragonese.

20. »*Lo comte qu'es a Castilho En Pos bo e so filh n Ugo*« 167, 3. 4. ?

21. »*a Rocaberti senhor E[n] Jaufre*« 167, 6. 7.

Einen Jofre de Rocabertí nennt Milá 127 unter den Kämpfern von Las Navas.

---

¹) Dafür ist wahrscheinlich *a'n* zu schreiben. ²) Das Präsens *manten* 166, 37 ist demnach durch das Perfectum *mantenc* zu ersetzen.

22. *A Vila de Mul en R[aimon],
*aital baro, qu'e tot *lo mon
non ac ab dos tans de poder
que mielhs saupes pretz mantener.* 167, 11 – 14.
So würde ich zu schreiben vorschlagen.

Dem vornehmen Geschlechte derer von Vilademuls gehörte D. Berenguer, Erzbischof von Tarrago, an, derselbe welchen 1194 Guillem Ramon von Moncada ermordete. Ein Herr Ramon de Vilademuls gehört zu den Vermittlern in der Königlichen Familie 1200 (Zur. II 49). Ein Arnaldo wird II 34 genannt.

23. »*en Pos de Serveira*« 167, 17.

Einen Serveira unter den Mäcenaten genannt zu finden überrascht nicht, da das Geschlecht später ja sogar einen Trobador hervorgebracht hat. (s. S. 5 u. Milá 351.) Ein Guillem, welcher de Juneda genannt wird, vermählte sich um 1214 mit Doña Elvira, der Wittwe des Grafen Armengol XI. von Urgel (vgl. No. 14). Also auch diese Herren reichten an die vornehmsten des Landes heran. Ein Pos aber wird unter ihnen nicht genannt, es wechseln vielmehr in diesem Geschlecht die Namen Guillem und Ramon mit einander ab.

24. *en Bernartz d'Armanhac* 168, 21.
So schon Diez L. W.[1] 396, A. vgl.[2] 162.

25. *en Arnaut[z] Guillem[s] de Marsan* 168, 22.
Vgl. Stimming B. Born S. 285, auch S. 26. Peire de Valeria war, wie seine Biographie (Mahn[2] No. 82) angiebt, aus der Herrschaft dieses Herrn.

26. *en Berenguier[s] de Robian* 168, 23. ?

27. 28. *E de Cumenge'n Bernardos E vas Monpeslier us baros, Eu Guillem[s], adreg[z] e membratz* 168, 24 – 26.

Wilhelm VIII. von Montpellier, der Gönner von Arnaut von Maruelh (Diez[2] 108), dem auch Aimeric de Sarlat ein Lied gewidmet (das. 483) war mit Eudoxia, der Tochter des Kaisers Manuel von Byzanz, vermählt. Marie, die Tochter dieser Ehe, hatte zum zweiten Gemahl Bernhard IV. von Comminges (reg. 1181 – 1226, L'Art de vérif. les d. IX 279. X 10); das wird der Bernardos unserer Stelle sein. Er wird auch von Aimeric von Pegulhan gerühmt (Diez[2] 343, vgl. Stimming a. O. S. 271).

29. Bertran de Saissac 168, 30 wird von Peire Vidal erwähnt.

»*Ma dona n'Escarronha*« 169, 17.

s. die Anm. Auch Guiraut von Bornelh erwähnt in einer Pastorela (Mahn W. I 200) diese Dame; der Gedanke an sie macht ihn unempfänglich für das zudringliche Entgegenkommen einer Hirtin.

n'Amatieus de Palars E per la dona d'en Gelmars 169, 18. 19. ?
La contessa d'Urgel 169, 20.

Zwei Damen kommen in Betracht, die schon erwähnte Doña Elvira, von Zurita Gräfin von Subirats genannt, und ihre Schwiegermutter Doña Dulce, Gemahlin Armengols X, Schwester König Alfonsos II. von Aragon. Diese letztere wird die Gräfin von Urgel sein, von welcher Gaufred. Vossius (Histoire de Languedoc III 37 [1737]) erzählt, sie habe zu einer Fürstenzusammenkunft in Beaucaire 1174, die überhaupt Joglars und Trobadors lange in Erinnerung geblieben sein wird, eine Krone, 40000 Soldi Werts geschickt, womit der Joglar G. Mita zum König aller Joglars gekrönt werden sollte. Ihr Gemahl regierte seit 1154(—1184). Monfar erzählt auch noch von ihrer und ihres Gemahls frommer Freigebigkeit. Sie stifteten gemeinschaftlich das Prämostratenser-Kloster Santa Maria de Bellpuig (de la Avellanes), wo ihre Sarkophage mit den Porträtstatuen darauf noch heutigen Tages erhalten sind.

na Gensana 169, 21.

Über Milás Vermutung, dafs das Wort aus *Jussiana* verderbt sei (er selbst schreibt es einmal S. 280 *Jensiana* S. 339 aber *Gensana*) und zur Identifikation der Dame dieses Namens, die also hier gemeint sein könnte, vgl. sein Buch S. 280 Anm.

Zu 160, 12 »vi'n Lobat« mag hier noch nachgetragen werden, dafs auch Peire Cardinal (Mahn W. II 226) einen Träger dieses Namens rühmt und in Gegensatz stellt zu anderen, heruntergekommenen und räuberischen Herren.

Änderungen am Text der beiden anderen Novellen R. Vidals sind im Verlauf dieser Arbeit vorgeschlagen

1. Zu *Abrils issi's mays intrava*:

Dkm. 145, 10. 11 — *67*; 148, 8 - 10 — *eb.*; eb., 24. 25 — *eb.*; eb., 32. 33 — *74*; 150, 24 — *68*; 151, 12—17 — *These 1*; 154, 4 — *68*; 155, 7. 8 — *67*; 156, 27. 28 — *eb.*; 157, 17. 18 — *66*; 158, 5—7 — *68*; eb, 13 — *67*; eb. 27. 28 — *eb.*; eb., 29 — *70*; 159, 10. 11 — *67*; eb. 15 — *82*; 160, 8 — *68*; eb., 22 — *11*; eb., 23—26 — *These 2*; eb. 26. 27 — *67*; 163, 12 — *69*; eb, 37 — *80*; 164, 7—14 — *These 3*; eb., 19—21 — *68*, vgl. *67*; 165, 33 — *68*; 166, 3. 4 — *95*; eb., 10 — *eb.*; eb., 24 — *67*; eb., 33 — *96*; eb., 34 — *97* A. 1; eb. 36 — *97*; eb., 37 — *eb.* A. 2; 167, 7 — *97*; eb., 11. 12 — *98*; eb. 19. 20 — *67*; eb. 31 — *73*; 168, 21 — *98*; eb. 22 — *eb.*; eb. 26 — *eb.*; 169, 6—9 — *68*; eb. 23 — *eb.*; 171, 15 — *11* A. 1; eb. 31. 32 — *70*; 172, 33—35 — *68*; 173, 27—29 — *eb.*; 175, 3 — *71*; eb. 19 — *81*, A.; 176, 13. 14 — *67*; 177, 29. 30 — *eb.*; 179, 24—26 — *eb.*; 180, 1 — *73*; eb., 28. 29 — *67*; 181, 32 — *70*; 183, 36. 37 — *eb.*; 188, 10 — *73*; eb., 17. 18 — *67*; 190, 10. 11 — *eb.*; eb., 24. 25 — *eb.*; eb., 36. 37 — *eb.*; 191, 13. 14 — *eb.*; 192, 6. 7 — *eb.*

---

2. Zum »*Castiagilos*«:

Lb. 29, 53. 54 — *69*; eb., 57. 58 — *70*; 31, 49 — *74*; 32, 28 — *67*; 33, 83. 84 — *69*; 34, 38 — *eb.*

Thesen.

1. Bartsch, Dkm. 151, 12—17 schlage ich vor zu lesen:
   >Car sab[er] deus c'ome valen
   >E savi, c'aisi com es caps
   >Vers dieus de tot cant es ni saps
   >Ni yeu meteys que mi esper,
   >Son cap de pretz a mantener
   >Nobles cors e sens e sabers.
2. eb. 160, 23—26 (vgl. dazu oben S. 11) nichts zu ändern und zu interpungieren:
   >Paratjes, so per que tan val,
   >Es, car adutz als sieus honor
   >E de pretz enans e temor;
   >Per qu'entre las gens son onrat(z).
3. eb. 164, 7—14:
   >Car sen[s] ven e nais en coratje
   >Tantost c'om es natz e noiritz;
   >*Mais saber[s], per c'om es grazitz
   >E pus onratz e pus temsutz
   >E may amatz e may volgutz,
   >E que fay homes captener,
   >Non pot venir ses mout vezer
   >E ses mot auzir e proar.
4. Eine Kritik des Goetheschen Faust, allein nach streng philologischen Principien, ist sowohl in ihrer Methode wie in ihren Resultaten anfechtbar.
5. Die »subjectivistische« Auffassung der »Attribute« Spinozas ist nicht haltbar.

Natus sum Maximilianus Cornicelius die XIX mensis Augusti anni 1860 in oppidulo Brandenburgensi Teupitz patre Friderico matre Maria e gente Lehnert, quam praematura morte abreptam lugeo.

Fidei addictus sum evangelicae.

In ludo Lubbensi, post in Gymnasio Regio Joachimico litteris institutus auctumno a. 1880 Universitatem Berolinensem adii et per octies sex menses scholis interfui horum virorum doctissimorum: Geigeri, Grimmii, A. Kirchhoffii, Lotzei, Müllenhoffii, Paulseni, Schereri, Steinthalii, Tobleri, de Treitschkei, Vahleni, Zelleri, Zupitzae.

Quibus viris omnibus gratias ago candidissimas.